# কেন ছেড়ে গেলে?



মমিনুল আমিন

Made with ♥ on the Notion Press Platform
www.notionpress.com

পিতা ও মাতা

# বিষয়বস্তু

# বিষয়বস্তু

# অনুক্রমণী

বইটি মমিনুল আমাকে প্রথমে পড়তে দিয়েছিল। বেশ কিছুদিন সময় নিয়ে আমি বই পড়ি। বলা যেতে পারে সেই সময় আমার ভালোবাসার মানুষ আমাকে ছেড়ে চলে গিয়েছিল। তাই মমিনুল আমাকে বইটি পড়ার কথা বলে। বইটি যখন আস্তে আস্তে পড়তে থাকি তখন আমি যে ভালোবাসায় হেরে গিয়েছিলাম। সেটা যেন আমি কখন ভুলেই ফেলেছিলাম। নতুনভাবে কারো জন্য অপেক্ষা করতে শুরু করেছিলাম। এই বইটি আমাকে ভালোবাসা সম্বন্ধে এক নতুন শিক্ষা দেয়। যেটা আমাকে সবচেয়ে বেশি অনুপ্রাণিত করে সেটা হচ্ছে যে এই বইটির প্রত্যেকটি ক্যারেক্টার এর সাথে আমি এমন ভাবে জড়িয়ে গিয়েছিলাম যে তাদের কথা গুলো শুনলেই আমার চোখে জল চলে আসছিল। পাঠকদের আমি এই বইটি পড়ার নির্দেশ একারণে, যদি আপনি এখন বর্তমান কাউকে ভালোবাসেন তাহলে আপনার ভালোবাসা আরো বেড়ে যাবে তার প্রতি এবং আপনি যদি কাউকে ভালো নাও বাসেন তাহলে আপনাকে কারো জন্য অপেক্ষা করতে এবং ভালোবাসার আসল মানে শেখাতে এই বইটি তুলনাহীন। অসংখ্য ধন্যবাদ মমিনুলকে এ বইটি পড়তে দেওয়ার জন্য।

ইতি
বইটির পাঠক
দেব জিৎ

# স্বীকার

বিশেষ ভাবে ধন্যবাদ
দেবজিৎ প্রামাণিক
মাসুদ রেজা
EHYAN JAIN

# প্রস্তাবনা

বইটিকে সঠিকভাবে আপনাদের সামনে তুলে ধরার সর্বোচ্চ চেষ্টা করেছি। এই বইটি লেখার উদ্দেশ্য হল যাতে আমি আপনাদেরকে একটু হলেও সঠিক ও সুন্দর ভালোবাসা পাওয়ার পথ দেখানো। তাই যদি বইয়ের কোন অংশে কোথাও ভুল থাকে তাহলে অবশ্যই আমাদেরকে ভুলটি ধরিয়ে দিবেন। তাহলে পরবর্তীতে আমরা সেই ভুলগুলো শুধরে নিতে পারবো। এই বইটিতে থাকা চরিত্র গুলোর নাম ও তাদের জীবিকার পরিবর্তন করা হয়েছে বিশেষ অসুবিধার কারণে। যতটা সম্ভব সত্য ঘটনা টা আপনাদের সামনে তুলে ধরার চেষ্টা করা হয়েছে। পরবর্তী বই লেখার জন্য আমাকে আপনারা সকলে দোয়া ও আশির্বাদ দিবেন।

লেখক
মমিনুল আমিন

# লেখক পরিচিতি

মমিনুল আমিন তিনি অনেকগুলো বই লিখেছেন। এছাড়াও তিনি ওয়েব সাইট ডেভলপার ও গ্রাফিক্স ডিজাইনের কাজ করেন বর্তমানে। এছাড়াও তিনি বিভিন্ন বিষয়ে মোটিভেশনাল ভিডিও ইউটিউবে আপলোড করেন। এছাড়াও তিনি বিভিন্ন শিক্ষাগত সঙ্গে জড়িয়ে আছেন।

## লেখক পরিচিতি

Mominul Amin

# 1

# একটা ফোন কল

ফোনের আওয়াজে হঠাৎ আমার ঘুমটা ভেঙে যায়। আমি এক লাফে বিছানা থেকে উঠে বসি। দেখি আমাকে এগারোটা মত কল করেছে, আমাদের শহরের মেয়র।

আমি কিছুটা অবাক, অত বড় ব্যাক্তি আমাকে কেন কল করেছেন?

আমি একটু অবাক হয়ে ভাবলাম। তারপর আমার টেবিলের ওপর রাখা, ঘড়ির দিকে চোখ পড়ল, দেখি সকাল 3.5 বাজছে। আমি আরো বেশি অবাক হলাম এই সময় কল! মানুষ এই সময় কল করে দুটো কারণে 1 যদি কেউ খুব বেশি বিপদে পড়ে। 2 আপনি তার এমন ক্ষতি করেছেন যা ক্ষমার যোগ্য নয়। আমার জন্য প্রথমটা হতেই পারে না কারণ মেয়রের আমি কোন উপকারে কখনোই লাগবো না। আবার একটা কল এলো আমি সঙ্গে সঙ্গে ফোনটা ধরলাম, ওপাশ থেকে আমাকে মেয়র এর অ্যাসিস্ট্যান্ট আমাকে বলল এত বার কল করছি ধরছিস না কেন?

আমি কাঁপতে কাঁপতে বললাম ঘুমটা ভাঙেনি তাই।

সে আমাকে বলল ঠিক আছে তাড়াতাড়ি চলে আয়।

আমি অবাক হয়ে জিজ্ঞাসা করলাম আমি, কোথায়?

হোয়াটসঅ্যাপে দেখ, আমি শহরের একটা প্রাইভেট হসপিটাল এর ঠিকানা দিয়েছে সেখানে।

আমি আরো বেশি অবাক ও ভীতু স্বরে জিজ্ঞাসা করলাম।

সবকিছু ঠিক আছে তো?

ফোনের ওপাশ থেকে উত্তর এলো এতসব না জিজ্ঞাসা করে চলে আয়। আর হ্যাঁ তোর সাথে কাউকে নিয়ে আসবি না।

আমি বিছানা থেকে উঠে জামা প্যান্ট পড়ে তাড়াতাড়ি চলে গেলাম। হসপিটালে পৌঁছে পৌঁছে মেয়রের অ্যাসিস্ট্যান্ট কে দেখতে পেলাম। সে আমার জন্য অপেক্ষা করছিলেন।

তিনি আমাকে একটা প্রেসক্রিপশন ও কিছু টাকা দিয়ে বলল ওষুধ গুলো নিয়ে আয়। আমি হসপিটালের বাইরে থেকে ওষুধ গুলো নিয়ে আনলাম। এবং হসপিটাল এর ভিতর প্রবেশ করলাম প্রবেশ করে দেখতে পেলাম। তানিয়া, মেয়র ও ওনার স্ত্রী সবাই দাঁড়িয়ে আছে। দেখলাম উনার স্ত্রীর চোখে জল পরছে। মেয়র আমাকে দেখেই আমার ঘাড়ে হাত দিল। আমি ভয়ে কাঁপতে লাগলাম। কিন্তু উনি খুবই প্রভাবশালী তাই আমি কিছু বলতে পারলাম না। কারণ আমি ওনাকে প্রচন্ড ভয় করি। উনি আমাকে হসপিটালের একটা ঘরে নিয়ে গেলেন। ঘরে গিয়ে আমি থমকে গেলাম। দেখলাম

একজন বিছানায় শুয়ে আছে। তার সারা শরীরে রক্তে ছড়াছড়ি। তারপর আমার চোখটা তার মুখের দিকে পড়তেই নামিয়ে নিলাম। মুখ এবং ঠোঁটের অংশগুলো ক্ষতবিক্ষত হয়ে আছে। দেখতেই ভয়ঙ্কর লাগছে । এবং কিছুটা অরুচি লাগছে। কারণ তার কাছ থেকে নর্দমার গন্ধ বেরোচ্ছে।

মেয়র সাহেব আমাকে আবার ঘাড়ে হাত দিয়ে, জানলার দিকে নিয়ে গেলেন, আর বললেন

যাকে বিছানায় শুয়ে দেখছো, সে কে জানো আমার মেয়ে। আমার ছোট মেয়ে। ছোট থেকে কে আমি একে বাইরে পড়াশোনা করাতাম। একে আমি সেরকম বাইরে কারো সাথে মিশতে দিতাম না। তাই হয়তো একে তোমরা কখনই দেখনি। কালকে ওদের স্কুল ছুটি হয়েছিল। তাই বাড়ি আসছিল আমি বারবার বলেছিলাম গাড়ি পাঠিয়ে দেবো। সে আমাকে বলেছিল আমি বড় হয়ে গিয়েছি। আমার বন্ধুরা আছে সাথে। সেই জন্য আমার, সেরাতে ভালো ঝগড়া হয়েছিল। আমি ঝগড়ায় জিততে পারেনি ওর কাছে। তাই ওকে আস্তে দিয়েছিলাম। আসার পথে 6 জন মিলে ওকে জঘন্য ভাবে রেপ করেছে।

অনেক খোঁজাখুঁজির পর ড্রেনের পাশে ওকে পড়েপাই। কথাগুলো বলতে বলতে মেয়র সাহেবের চোখ জলে ছল ছল করতে লাগলো। উনি নিজের কান্নাকে আটকানোর জন্য ওই কথাগুলো বলার পর

উনি চলে যান।

আমি বুঝতেই পারিনি কখন আমার চোখের দুপাশ থেকে জল বেরিয়ে গেছে।

আমি আর ঘরে থাকতে পারলাম না তাই সেখান থেকে বেরিয়ে এলাম। আমি পুরো নিস্তব্ধ। অপেক্ষা করতে করতে দেখি সন্ধ্যে পাঁচটা বেজে গেছে। ডাক্তার বেরিয়ে এলেন এসে সবাইকে জানালেন। আপাতত আউট অফ ডেঞ্জার তবে প্রাইভেট পার্ট খুব বেশি এনজিওর হওয়ার জন্য। ওর বাচ্চা হওয়ার থলি নষ্ট হয়ে গিয়েছে। তাই ওর কখনো আর বাচ্চা হবে না। আমাকে মেয়র সাহেব বললেন তুমি এখন বাড়ি যাও। আর কিছু টাকা দিয়ে বললেন যাওয়ার পথে কিছু খেয়ে নিও,ও রাতে একবার আমাদের বাড়ি এসো। আমি চুপচাপ সেখান থেকে চলে এলাম। বাড়িতে এসে আমি ভাবতে থাকি আমাকে কেন ডেকেছিলেন, কারণ না আমি উনার আত্মীয় হয়। না কোন বিজনেস পার্টনার। তাহলে আমাকে কেন ডেকেছিল। আমি খুব বেশি অবাক হলাম। থাক, বেশি ভেবে লাভ কি ? রাতের দিকে যাব একবার তখনই না হয় জিজ্ঞাসা করে নেব। ঠিক রাতের সময় আমি তাদের বাড়ি গেলাম। দেখলাম বাড়িতে সবাই গোল করে বসে আছে, আমাকে দেখে টেবিলের উপর থাকা চা খেতে বললেন। তারপর মেয়র সাহেব আমাকে যা বললেন সেটাতে আমি চমকে গেলাম। তিনি যা বললেন তা হল আমি এই শহরের সবচেয়ে নামে গুনী মানুষ। আর আজ আমার বাড়ির এই দশা। যদি আমি মেয়েকে বাড়ি নিয়ে আসি তাহলে আমার এতদিনের পরিশ্রম সব ব্যর্থ হবে। এরপর যখন আমি রাস্তাঘাটে বের হব তখন আমাকে লোক ছি ছি করবে । আর আমি সেটা সহ্য করতে পারবো না। তাছাড়া আমার ইমোশন হলে চলবে না। তাই আমি যে সিদ্ধান্ত নিয়েছি সেটা হল যে আমার ছোট মেয়েকে কেউ চিনেনা। তাই তাকে পৃথিবীর কাছে কখনো চেনাব না। তাই আমি চাই যে টাকাগুলো তুই তোর প্রয়োজনে নিয়েছিলি তার বদলে তুই আমার মেয়েকে বিয়ে কর। আর তুই কখনই পরিচয় দিবি না যে ওটা আমার মেয়ে। কখনোই আমাদের বাড়ি আর আসবি না ।আমি কোনদিন মেয়র সাহেবের প্রতিবাদ করিনি। এই প্রথম আমি বললাম আমি পারবো না। আমি আমার জীবনটা এভাবে ধ্বংস করতে পারিনা। এটা অন্যায়।

মেয়র সাহেব আমার গালে একটা থাপ্পড় মারলেন আর বললেন যদি তুই কালকের মধ্যে সমস্ত টাকা পূরণ করতে না পারিস। তাহলে আমি তোকে ঠিক দেখিয়ে দিব যে আমি কে। আমি বললাম ঠিক আছে।

ওখান থেকে বেরিয়ে এলাম। আমি জানি উনি আমার কি কি করতে পারেন। তোমার প্রচন্ড ভয় হলো, বাড়ি এসে চুপচাপ শুয়ে গেলাম। শুতে শুতে ভাবতে লাগলাম। ঠিক এভাবে এক বছর আগে একটা কল এসেছিল সেই কলটা আমার জীবন ধ্বংস করে দিয়েছিল। পারফেক্ট একটা মানুষ কিভাবে অকেজো বানিয়ে দিয়েছে। ধ্বংস করে দিয়েছে।

# 2

# জীবনটা এমন ছিল

আমি মমিনুল।

আমি দশম শ্রেণীতে পড়াশোনা করি। আমি পড়াশোনায় খুব ভালো ,এটা হয়তো বলা যাবে না। তবে এটা সত্যি কথা যে, আমি সব সময় প্রচুর পড়াশোনা করি। আমি খারাপ না ভালো রেজাল্ট করলাম তাতে আমি খুব একটা কিছু মনে হয় না। তবে আমি যেটা মনে করি সেটা হল যদি আমি মন দিয়ে পড়াশোনা করি তাহলে অবশ্যই তার ফলএকদিন আমি পাব। তাই আমার বাবা-মা সব সময় আমাকে হোস্টেলে থেকে পড়াশোনা করিয়েছে। এমনকি যদি আমার বাবা মার কখনো মনে হতো যে এই স্কুলটা জন্য কোন একটা ভালো স্কুল আছে। তাহলে বর্তমান জেই স্কুল আমি পড়াশোনা করছি সেই স্কুল থেকে সরিয়েআমাকে নতুন স্কুলে ভর্তি করে ফেলেন। এবার প্রত্যেক বছর যেহেতু স্কুল চেঞ্জ করে আমার অনেক বন্ধু হয় কিন্তু কোন বন্ধু আমার স্থায়ী না। আর যে বন্ধুগুলো স্থায়ী হয় না তাদেরকে আপনার সুখ দুঃখের কথা সব বলাও যায় না। আর সেই জন্য দিন এসেছে আমি একটু একাই। হোস্টেলে পড়ার কারণে আমার পরিবারের সাথে সম্পর্ক নাই বললেই চলে মানে সম্পর্ক নয় তা না তবে তাদের সাথে আমার দেখা সাক্ষাত হয় না বললেই চলে। আমার বাবা-মা একটু পড়াশোনা কে একটু বেশি ভালোবাসেন তাই আমাকে কখনো বাড়ি আনতে চাইতেন না। এমনকি আমার পরিবারের কারো যদি বিয়ে বা কোন অনুষ্ঠান হতো তাও কখন আমাকে বাড়ি নিয়ে আসেন নি। যে কারণে আমি পরিবারের লোক বলতে শুধুমাত্র বাবা মাকে চিনি ও আমার এক ভাই আছে তাকে চিনি। ছোট থেকে আমার সে ধরনের কেউ বন্ধু নেই।

আসলে জানতে অজান্তে দশম শ্রেণীতে উঠে গেছি কিন্তু এখন অব্দি সেরকম কোনো বন্ধু নেই। এটা একটু শুনতে অবাক লাগলেও এটাই সত্যি।

এবার আসি আমার গার্লফ্রেন্ড এর দিকে আপনার মনে হয় যার বন্ধু হয়নি তার গার্লফ্রেন্ড হবে। হয়তো একটু চেষ্টা করলে হয়ে যেত কিন্তু আমার কেন জানি না মনে হয়। যে আমি কাউকে যদি ভালোবাসি আর সেটা যদি তার বা আমার বাবা-মা যদি মেনে না নেয় তাহলে এতদিনে যে সম্পর্ক তৈরি করেছিলাম আমরা সব মিথ্যে হয়ে যাবে। আর আমার মনে হয় আমাদের এই দায়িত্বটা আমাদের বাবা-মার উপরেই ছেড়ে দেয়া উচিত। আমি মনে করি বাবা-মা কখনোই আপনার খারাপ চাইবে না এটা সত্যি কথা।

আপনারা হয়তো ভাববেন আমি অনেকটা বোরিং আসলে তা নয়। আমি অনেক রোমান্টিক। আমি বিশ্বাস করি এজে ছোট থেকে আমি কখনো কারো সাথে মেলামেশা করি নি। নিশ্চয় ঈশ্বর আমার জন্য কাউকে রেখেছেন যে একদম আমাকে আমার মতো করে বুঝবে।

আর সেটার জন্য আমাকে নিজেকে সংযত রাখতে হবে।

এবার আসি আমার স্বপ্নের দিকে আমি পরীক্ষাতে সবসময় 80 থেকে 90 এর মধ্যে পেয়ে থাকি। তাই আমি জীবনে এমন কিছু করতে চাই যাতে আমার পরিবারের লোকেরা আমার জন্য গর্ব করে।

ভবিষ্যতে যে মেয়েটার সাথে আমার বিয়ে হবে সেজন্য একবারের জন্য আফসোস না করে। যে ভুল মানুষের সাথে আমার বিয়ে হয়েছে। আর সেই জন্য আমি প্রচুর পরিশ্রম করতে রাজি আছি।

আর এই জন্য আমি কখনো কাউকে নিজের গার্লফ্রেন্ড বানাইনি বা কোন মেয়ের সাথে সাধারণত মেলামেশা করিনি।

আমার মনে হয় কোন একটা মেয়েকে ভালোবাসা মানে আমার কাছে একটা বড় দায়িত্ব।

আর এখন যদি আমি ভালোবাসি তাহলে সে দায়িত্ব আমি পালন করতে পারবোনা। হ্যাঁআর দশটা ছেলের মত আমি এটা বলতে পারিনি যে তোমার জন্য আমি এটা করব ওটা করব কিন্তু আমি সেটা করতে পারবোনা।

এমন স্বপ্ন দেখে লাভ কি যে স্বপ্নের শুরুটাই মিথ্যা।

আর এই জন্যই অনেক বন্ধু মানে সময়ে সময়ে যে বন্ধুগুলো তৈরি হয়েছে তাদের কথা বলছি তার অনেক সময় তাদের বন্ধু-বান্ধবীদের সাথে আমাকে মিট করিয়েছে। আর বলেছে এঁদের মধ্যে কাউকে বেছে নে।

হ্যাঁ এটা বলব না যে আমার ইচ্ছে হয়নি অনেকবার ইচ্ছা করেছে কিন্তু কখনও এগোয়নি। কারণ আমি মনে করি যদি আমি নিজেকে সংযত রাখতে না পারি বা বিয়ের আগে কোন মেয়েকে ভালোবেসে ফেলি তাহলে সেই ভালবাসাটা কখনোই আমি পবিত্র রাখতে পারব না। কারণ আপনি যাকে ভালোবাসবেন তা কি আপনার স্পর্শ করতে ইচ্ছে করবে। আর যদি আমি আমার ভালোবাসার মানুষটাকে স্পর্শ করে ফেলি তাহলেতখন আমাদের ভালবাসাটা পবিত্র থাকবে না।

তুমি একটা ভালো মানুষ পাওয়ার জন্য যদি অপেক্ষা করতে না পারো তাহলে কিভাবে বলতে পারো যে তুমি তাকে সারাজীবন ভালবাসবে। কারণ কোন মানুষ এর জন্য অপেক্ষা করা যতটা কঠিন তার সাথে সম্পর্ক হয়ে যাওয়ার পর তাকে ভালো রাখাটা ঠিক তার চেয়ে বেশি কঠিন।

আমি যখন বাড়ি আসতাম সবাই আমাকে সম্মান দিয়ে কথা বলে কারণে বাইরে পড়াশোনা করি। বা সবাই জানে আমি খুব মন দিয়ে পড়াশোনা করি। তাই আমি যখনই বাড়ি আসতাম তখন সাধারণত বেশি ঘোরাঘুরি করতে পারতাম না। কারণ সব সময় একটু বেশি চাপ থাকতো যে তুমি বাইরে থেকে পড়াশোনা করছ তাই তুমি এমন কোন আচরণ করবে না যাতে গ্রামের লোক তোমাকে খারাপ ভাবে।

তাই আমি যখনই বাড়ি আসতাম তখন প্রথমত খুব অল্প সময় ঘর থেকে বের হতাম। আর দ্বিতীয়তঃ বের হলেও খুব একটা বেশি কারো সাথে মন খুলে কথা বলতে পারতাম না। কারণ সবসময় একটা ভয় লেগে থাকত যদি ভুলভাল কিছু বলে ফেলি তাহলে গ্রামের বাকির লোকেদের বলে বেড়াবে যে ওই ছেলেটা এসব কথা ও বলে। সত্যিকার অর্থে এটা খুবই খারাপ।

আমি সবসময় চাইতাম যে আমার এমন একজন বন্ধু হোক যার সাথে আমি সিনেমা দেখতে যাবো।

কখনো ফাঁকা মাঠে গিয়ে আড্ডা মারবো।

কখনো দাঁড়িয়ে ফুচকা খাবো।

কখনো রাত জেগে জেগে মেলায় ঘুরবো।

কিন্তু কখনোই করতে পারতাম না। কারন আমার বাবা এই বিষয়গুলোতে এতটাই বাধা দিত যে, যদি আমি কখনোই বাইরে যেতাম আরেকটু দেরী হয়ে যেত আমাকে বকাবকি শুরু করতো।

অল্পস্বল্প না খুব বেশি বকা বকি করত। বকাবকি দেখলে আপনি বুঝতেই পারবেন না যে আমি ঘরে ঢুকতে দেরি করেছি ।না কারো বাড়ি থেকে কিছু

চুরি করেছি।

তাই সব সময় আমার একটা ইচ্ছা থেকেই যাই।

যে একদিন তো আসবে যেদিন আমি মন খুলে মানুষের সাথে মেলামেশা করব ঘুরবো। ঘন্টার পর ঘন্টা গল্পও করব।

আর দশটা ছেলের মত আমার জীবন হবে।

সেই অপেক্ষাতেই আছি আমি।

কিন্তু একটা কথা আছে না আপনি কি চান না চান তাতে কিছু যায় আসে না। আপনি কেমন কাজ করেন তাতে যায় আসে।

# 3

# একটা মেয়ে

আমি তখন দশম ক্লাসে সবে ভর্তি হয়েছিলাম। আমি একটা প্রাইভেট কোচিং সেন্টারে পড়তে যেতাম। সকাল সাতটার দিকে।

শিক্ষক মহাশয় এসে যখন সবার কাছ থেকে, বাড়ির কাজ চাইতে লাগলেন। আমি তখন ব্যাগটা খুলে দেখি ,আমি কোন বাড়ির কাজ করিনি। তাই আমি বেঞ্চের নিচে মাথা নিচু করে আছি। অবাক ভাবে দেখি মেয়েদের বেঞ্চের নিচে একজন ঠিক আমার মত করে মাথা নিচু করে আছে। দেখি সে আমার দিকে চোখগুলোকে মোটা মোটা করে বলছে। আমরা একই। আমি তাকে ইসারায় বললাম আমি প্রতিদিনই পড়া করি আজ কোন কারণের জন্য করিনি। শিক্ষক মহাশয়ের যখন খাতাগুলো চেক করা হলো। তখন আমি বেঞ্চের উপর মাথা তুললাম। মাথা তুলে মেয়েদের বেঞ্চের দিকে তাকিয়ে, ওই মেয়েটা কি খুঁজতে লাগলাম। অবাক করা হলেও এটা সত্যি এতগুলো মেয়ের মাঝেও একবার তাকাতেই ওর দিকে চোখ পড়ল। আমি বুঝতে পারলাম না,সব মেয়েকে আমাকে কেন আবছা মনে হচ্ছে। শুধুমাত্র আমি যাকে খুঁজছি তাকে হাইলাইট দেখতে পাচ্ছি। কথাগুলো ভাবতে ভাবতেই কখন কোচিং এর সময় পার হয়ে গিয়েছে বুঝতেই পারেনি। এই প্রথমবার কোচিং এর সময় কেন যেন খুব কম মনে হল। মাত্র দু'ঘন্টা পড়ানো হয়, তাও কেন জানিনা মনে হয় যে বাড়ির অধিকাংশ সময়ই কোচিং পড়ে থাকি। কোচিং শেষ হওয়ার পর সবাই যে যার বাড়ি চলে এলাম। বিশ্বাস করুন আমি অনেক মেয়েকে দেখেছি। কিন্তু কখনো আমাকে, আমাকে এভাবে কাউকে এতটা ভাল লাগেনি।

আসলেআপনিযতইচেষ্টাকরেনযেআপনিকাউকেকখনোভালোবাসবেনা। তাহলে আপনি ভুল ভাবছেন কারণ কখন কাকে আমাদের ভালো লেগে যাবে এটা বলা খুব মুশকিল। আমি ওকে চিনিনা জানিনা কিন্তু কেন জানিনা মনে হচ্ছে যে আমার সাথে ওই মেয়েটার অনেক যুগ থেকে সম্পর্ক আছে। আসলে ভালোবাসা কখনো বলে হয় না। আপনি বুঝতেই পারবেন না যে কেন কোন একজন মানুষকে এত ভালো লাগে। দেখবেন আপনি যে মানুষটাকে জল্পনা কল্পনা করেন ।সে আপনার এতদিন সামনেই ছিল কিন্তু আপনি বুঝতে পারেননি।

এটা অদ্ভুত তাইনা।

যাকে চিনেন না। আপনি তার ব্যাপারে কোন কিছুই জানেন না। তার পছন্দ অপছন্দ এসব কোন বিষয়ে আপনার কোন ধারনা নাই। কিন্তু কেন জানিনা কোন একজন মেয়েকে হঠাৎ ভালবাসতে ইচ্ছে করে, তার সাথে থাকতে ইচ্ছে করে। নিজের নামের পাশে তার নামটা কে জুড়তে ভালো লাগে। দেখবেন আপনার প্রত্যেকটা জিনিসে তার নাম লিখতে ভালো লাগবে, তার নামটা যতই খারাপ শুনতে লাগুক কেন। সত্যি সব কিছু অদ্ভুত তাইনা।

মেয়েটাকে মাত্রই একবার দেখেছি কিন্তু তাও জানিনা মনে হচ্ছে সে আমার জন্য একদম পারফেক্ট। কোচিং শেষে আমি তাকে প্রচুর খোঁজাখুঁজি করলাম, কিন্তু পেলাম না। আমি বাড়ি আসা মাত্রই কোচিং এর প্রত্যেকটা মেয়ের ফেসবুকে ফ্রেন্ড লিস্টে তাকে খুঁজতে লাগলাম। ভাবলাম যদি তার ছবি দেখতে পাই। কিন্তু পেলাম না।

সেইরাতে আমি তাকে সোশ্যাল মিডিয়ার সব জায়গাতে খুজেছি পাইনি। হয়তো তার নামটা জানতে পারলে তাকে পাওয়াটা আমার জন্য সহজ হতো।

পরের দিন সে যখন কোচিং এল আমার মনের মত একটা অদ্ভুত আনন্দ লাগল। অনেকটা এরকম আপনার বাবা-মা অনেকদিন বাইরে আছে হঠাৎ সে বাড়ি এলে যতটা আনন্দ লাগে ঠিক ততটা। যতবার তার দিকে তাকাচ্ছি সব কিছু আমাকে মুগ্ধ করেছে। কোচিং শেষে সে যখন চলে গেল । তখন সে, যে জায়গাটায় বসে ছিল আমি সেই জায়গাটা বসলাম। অদ্ভুত ভালো লাগছে। বিশ্বাস করুন যদি আমাকে সারারাত ওই জায়গাটায় বসে কাটাতে বলে তাহলে আমার কাছে যে কোন ফাইভ স্টার হোটেলের চেয়েও বেশী ভালো লাগবে।

পরের দিন আবার কোচিং এ এল কোচিং চলতে চলতে মেয়েটা হঠাৎ ছেলেদের মধ্যে কোন একজনকে একটা খাতার পাতা দিয়ে বলল জানালা দিয়ে ফেলে দাও কারণ মেয়েরা যে পাশে বসে আছে সে পাশে কোনো জানালা নেই, আর আমরা যে পাশে বসে আছি সেই পাশের দুটো জানালা আছে। ছেলেটা ওর হাত থেকে কাগজটা নিয়ে বাইরে ফেলে দিল। আমি সঙ্গে সঙ্গে শিক্ষক মহাশয় কে বললাম স্যার টয়লেট যাব।

স্যার জিজ্ঞাসা করলেন খুব দরকার যাওয়া?

আমি বললাম হ্যাঁ স্যার।

ঠিক আছে যাও তাড়াতাড়ি চলে আসবি।

আমি বাইরে বেরিয়ে চারিদিকে তাকিয়ে দেখলাম কেউ আমাকে দেখছে কিনা। দেখলাম যে কেউ আমাকে দেখে না, মেয়েটার কাগজটা টুক করে পকেটে পুরে টয়লেট চলে গেলাম। যেন মনে হচ্ছে কোন ম্যারাথন দৌড় জিতে এলাম।

আজ মনে হচ্ছে আমার কোচিং এ ভর্তি হওয়াটা আর যা হোক ব্যর্থ হয়নি।

দেখবেন আপনি যখন ভালোবাসবেন তখন আপনার মনে হবে প্রত্যেকটা মুহূর্তে যদি আপনি ফ্রেমবন্দি করে রাখতে পারেন। তাহলে কতটা ভালো হতো। আগে অনেকবার ভেবেছিলাম ডাইরি লিখব প্রতিদিন। কিন্তু আজ মনে হল ডায়েরি লেখা টা কতটা প্রয়োজন।

তাই বাড়ি পৌঁছে ডাইরি টা বার করে প্রথম পাতায়' মাই লাভ 'লিখলাম। আর দ্বিতীয় পাতায় মেয়েটার ওই খাতার পাতা টা সেলুটেপ দিয়ে আঁটকে দিলাম।

এভাবে করতে করতে মেয়েটার বই, খাতার পাতা, কখনো বসার জায়গায় পাওয়া চুল এই সবকিছু ডায়েরির মধ্যে প্রত্যেকদিন লিপিবদ্ধ করতে লাগলাম।

আর ডায়েরীটাকে নিজের চেয়েও বেশি যত্নে রাখতে লাগলাম। দিনের অধিকাংশ সময় ডায়রিটাআমার হাতেই থাকে, প্রচুর পরিমাণে রোমান্টিক গান শুনতে শুরু করলাম। মনে হতে লাগলো গানগুলো যেন আমাকে ও মেয়েটার জন্যই কল্পনা করে লেখা হয়েছে।

মনে হতে লাগলো আমি আর মেয়েটা নায়ক-নায়িকা আর পৃথিবীর সমস্ত মানুষ সাইড ক্যারেক্টার।

# 4

# ভালোবাসার বীজ

আমি জানি মেয়েদেরকে কল্পনা করতে নেই। কিন্তু এই প্রথম কল্পনা করতে খুব বেশি ভালো লাগছে। মেয়েটার চেহারা যেন না ভুলে যায়, তাই বারবার তার কথা চিন্তা করছি। জীবনে কখনো কোচিংএ যাওয়ার জন্য বা স্কুলে যাওয়ার জন্য ইচ্ছা করেনি। কিন্তু প্রথমবার মনে হচ্ছে কখন কাল হবে, আর তাকে আবার দেখবো পরের দিন। কোচিং আবার শুরু হল কিন্তু তাকে আর দেখতে পেলাম না, তাই মনটা একটু বেশি খারাপ হলো । আজ আবার 6 ঘন্টার জায়গায়, কেন জানিনা মনে হচ্ছে কয়েক প্রজন্ম ধরে এখানে বসে আছি। কয়েক প্রজন্ম শেষ হওয়ার পর যখন কোচিং শেষ হলো, এবং বেরিয়ে আসতেই দেখি। সামনে সে তার বান্ধবীর সঙ্গে কথা বলছে। আমি প্রচন্ড অবাক হলাম সঙ্গে প্রচণ্ড রাগ উঠলো আর মনে হল গালে একটা চড় মেরে বলি, বালসারা কোচিং ধরে খুঁজেছিলাম তোকে। এতক্ষণ কোথায় ছিলে? এসেছিল কিন্তু আমাকে দেখা করোনি কেন? কিন্তু তাকে আমি এসব কথা কি করে বলতে পারি। তাই রাগটা ঠান্ডা করলাম। ওর পাশ দিয়ে যেতে আমাকে বলল কি ব্যাপার আজকে বাড়ির কাজ করে এসেছিলে তো? আমি যেন এটাকে অপেক্ষা করছিলাম। ওই প্রশ্ন শেষ না হতে হতেই আমি উত্তর দিলাম হ্যাঁ হ্যাঁ হ্যাঁ............

ভাই তুমি কোথায় ছিলে এতোক্ষন?

সে আমাকে বলল আরে কোচিং কি প্রতিদিন করার জন্য নাকি? কোচিং পৃথিবীতেই আবিষ্কার হয়েছে, যাতে ছাত্র-ছাত্রীরা কোচিং এর নাম করে ছোট ছোট স্বপ্নগুলো পূরণ করতে পারে।

তারমানে তুমি আজ কোচিং করোনি?

না।।।

আমি একটু ভয়ে ভয়ে জিজ্ঞাসা করলাম। তোমার নাম কি?

তানিয়া।।।। আর তোমার...?

আমি আমার পুরো নাম বললাম। আমি মমিনুল।

তোমার নামটা ঠিক জমে না। আমি তোমাকে অত বড় নাম বলে ডাকবো না। আমি তোমাকে ডাকবো মমি বলে। কত সুন্দর নাম রাখলাম তোমার বলতো।

তারপর সে সেখান থেকে চলে গেল।

তার কণ্ঠে আমার নামটা কেন জানি না বারবার আমার কানে বাজছে। প্রত্যেক বার যেন আমি আমার নামটা কে বেশি ভালোবেসে ফেলেছি। সবচেয়ে সুন্দর আমার নাম। এর আগে আমি আমার নাম কে কখনোই পছন্দ করতাম না। সব সময় মনে হতো আমার নামটা কত পুরাতন যুগের। এই প্রথমবার মনে হচ্ছে আমার নামের একটা ডিকশনারি তৈরি করা হবে। আমার নামটা বর্ণনা করতে গেলে কয়েকটা কাব্য রচনা করা হবে। সত্যিই মেয়েরা অসাধারণ তারা সবকিছুকে নিজের মতো করে নেয়। আমি জানি মেয়েরা সুন্দর কিন্তু এতটা সুন্দর এটা আমি কখনোই ভাবেনি। পরের দিন আবার কোচিং এলাম। আমি বেঞ্চে বসে আছি হঠাৎ তানিয়া এসে আমার ব্যাগটাকে টানতে টানতে বাইরে নিয়ে গেল। বারণ করতে ইচ্ছা করলো কিন্তু বারণ করতে পারলাম না। মনে হল যেন এটা আমি চাইছি। ব্যাগের সাথে সাথে আমিও বাইরে বেরিয়ে এলাম। সে হঠাৎ আমাকে বলল তুমি সিনেমা হলে সিনেমা দেখেছো। আমি বললাম না। চলো সিনেমা দেখতে যায়। তুমি পাগল নাকি এত সকালেই কে দেখতে যায়। এটা বর্ধমান আর এখানে সকাল সাতটা থেকে সিনেমা চলতে শুরু করে। তাই বেশি না বকে চুপচাপ গাড়িটাকে থামাও আর চলো। সিনেমা হলে গিয়ে দেখলাম সে আমাদের জন্য দুটো টিকিট নিয়ে এলো তখন সিনেমা হলেok jannu

সিনেমাটা চলছিল। সিনেমা চালু হলো তানিয়া সিনেমা দেখছে,আর আমি তানিয়াকে দেখছি। তানিয়াকে দেখছি আর মনে হচ্ছে হল ঘরের মধ্যে যতজন আছে তারা সবাই কত বোকা। ফালতু একটা সিনেমা দেখছে। তারা তানিয়াকে দেখলেই তো পারে তানিয়ার হাসি কথা বলার স্টাইল কয়েকশো সিনেমার চেয়ে বেশি মূল্যবান। যতবার তানিয়া কি দেখছি ততবার ঈশ্বরের দিকে তাকাচ্ছি আর ভাবছি ঈশ্বরের তৈরি কত সুন্দর হতে পারে। তা হয়তো

আমি তানিয়াকে না দেখলে বুঝতেই পারতাম না। সিনেমা শেষ হওয়ার পর বাড়ি ফিরতে যাব, ঠিক ঘড়িরদিকে তাকিয়ে দেখি সকাল দশটা বাজছে। হঠাৎ তানিয়া আমাকে বলল দাঁড়াও আর ওখান থেকে দুটো আইসক্রিম নিয়ে এলো আমি আবার তাকে বললাম আরে ভাই সকাল বেলায় কি আইসক্রিম খায়। যেটা সবাই করে সেটা আমরা করি না তানি আমাকে উত্তরে বলল।

তানিয়ার মুখে আমরা কথাটা শুনে খুব সুন্দর লাগলো। তানিয়ার হাত থেকে আইসক্রিমটা নিয়ে ওকে একটা গাড়িতে চাপিয়ে দিলাম। আর আমি বাড়ি চলে এলাম। আস্তে আস্তে আমার মনে পড়ল আমারতো নাম্বারটা নেয়া হলো না। আরে ও বাড়ি পৌঁছালো কি করে জানবো। ঠিকভাবে বাড়ি পৌঁছতে পারবে তো,

যদি হারিয়ে যায়।

যদি কেউ ওকে রাস্তায় বিরক্ত করে।

আমার, আমার মনে পড়ল আরে ও প্রতিদিনই তো একাই যায়। আর ওতো বর্ধমানের মেয়ে। হয়তো এটাই ভালোবাসার প্রথম ধাপ।

সিনেমাহলেরপ্রত্যেকটামুহূর্ত যেন আমাকে কালকের জন্য আরও বেশি কষ্ট দিচ্ছে। অপেক্ষা করার আজকে যেন অপেক্ষাটা করা আরো বেশী কঠিন মনে হচ্ছে। তাই আমি ওর বাড়ির বাইরে সারাদিনটা দাঁড়িয়ে কাটিয়ে দিলাম। যদি একবার দেখতে পাই। দেখতে পেলাম না ঠিকই কিন্তু ওর বাড়িটা কেন জানিনা আমাকে খুব বেশি ভালো লাগছে। তারপরে ওর বাড়ির সামনের রাস্তাটা দেখি , আর আমি ভাবছি এখান দিয়ে তানিয়া প্রত্যেকদিন হেঁটেওরবাড়িরসামনেলাগানোগাছগুলোচোখেপড়তেইমনেহতেলাগলো। এই গাছগুলো কে তানিয়া জল দেয়। ওদের বাড়ির বাইরের দেয়ালটা স্পর্শ করছি আর ভাবছি কখনো তো তানিয়া এগুলো কে স্পর্শ করেছে। গাছের পাতাগুলো স্পর্শ করছি তো মনে হচ্ছে যেন তানিয়ার কাছে আমি আছি। জানিনা এগুলো পাগলামি নাকি ভালবাসার এক একটা রূপ। যখন আমি আমার বন্ধুরা ভালোবাসার কথা বলতো। আর এই সব কথাগুলো যখন বলতো আমি বলতাম যারা মদ খায় তারা কে মাতাল না বলে তোরা কে বলা উচিত। আজ আমাকে যদি কেউ মাতাল বলে তাহলে আমি তার দিকে মুচকি হাসি দিয়ে এটা বুঝিয়ে দেবো,ভালোবাসার অনুভূতি সমস্ত মদের চেয়েও অনেক বেশি। আমি যখন ইতিহাসের বই পড়তাম তখন আমি শাহজাহানকে অনেকবার গালিগালাজ দিয়েছি আর ভাবতাম সে কত বোকা ছিল, একটা মেয়ের জন্য তাজমহল। আজ আমার মনে হচ্ছে যদি আমি শাহাজানের

জায়গায় থাকতাম। তাহলে তাজমহল কেন গোটা পৃথিবীটা দিয়ে দিলেও কম মনে হতো। সন্ধ্যে হওয়ার কারণে আমি বাড়ি চলে এলাম। পরের দিন আবার কোচিং গেলাম। তানিয়া নিজের বেঞ্চে যাওয়ার আগে আমার কানে কানে বলে গেল রাত থেকে যেতে পারতে বলে মুচকি হাসি দিয়ে সেখান থেকে চলে গেল। আমার নিজেকে লজ্জা লাগলো। সে সব জানে আমি তার বাড়ির সামনে কি কি করেছি। কোচিং শেষ হতেই আমি তাকে বললাম সরি ইয়ার।

আমি আসলে না তোমাকে রাগাবার উদ্দেশ্যে যায়নি।

আমি তোমাকে একবারও বলেছি আমাকে খারাপ লেগেছে তানিয়া বললো।

তখন আমার কনফিডেন্স লেভেল টা একটু বেশি বেড়ে গেল তাই আমি বেশি চিন্তা না করে তাকে বললাম তোমার ফোন নাম্বারটা দাও।

না ,আমার নাম্বার আমি তোমাকে দেবো কেন।

আমি থমকে গেলাম। খুব খারাপ লাগতে লাগলো, নিজের প্রতি রাগ উঠতে লাগলো। অত ঠিকঠাক কথাই বলছিল কেন যে নাম্বারটা চাইলাম। না চাইলেই পারতাম। আমি সত্যিই বোকা। ভালো সম্পর্কটাকে খারাপ বানিয়ে ফেললাম। বাড়িতে আসার পথে এই কথাগুলো ভাবতে ভাবতে বাড়ি পৌঁছে গেলাম। বাড়ি এসো তাই ভাবছি। কিছু খেতে ইচ্ছে করছে না। শুধু বারবার মনে হচ্ছে কেন নাম্বার চাইলাম। আবার ভাবলাম নাম্বারটা দিলে কি যায় আসে। দিলেই তো পারতো আমি খেয়ে নিতাম নাকি। সন্ধ্যা সাতটা বাজে তাই পড়তে বসলাম। টেবিলে বসে বইটা খুলতেই দেখি। একটা কাগজ আর তাতে লেখা আছে

আমি তানিয়া আর এটা আমার নাম্বার, আমাকে হাই পাঠাবে।

এটা পড়ার পর আমার যেন মনে হল দুনিয়াকে চিৎকার করে বলি আমি জিতে গেছি। সঙ্গে সঙ্গে নাম্বারটাতে হাই পাঠায়। ওপাশ থেকে উত্তর আসে।

"কল মি"

কেন জানিনা মনে হলো আমার কথাটা সে ছিনিয়ে নিল। যেন আমি ওকে এটাই বলতে চাইছিলাম।

সঙ্গে সঙ্গে কল করি আর আমি বলি। আরে আজ সারাদিন ধরে কত কষ্টে ছিলাম জানো, আরে আমি কিছু খাইনি, আমিতো নাম্বার চেয়েছিলাম তোমার কাছে কোচিং শেষে। আর তুমি তো নাম্বার আমাকে আগেই দিয়ে দিয়েছিলে। একবার বলতে। সারারাস্তা আমি কান্না করতে করতে এসেছি। কতটা খারাপ লেগেছে আমি তোমাকে বুঝিয়ে বলতে পারবোনা।

ওপাশ থেকে উত্তর এলো, কেমন মজা করলাম বলো।

হ্যাঁ হ্যাঁ ঠিক আছে আমিও করব একদিন।

আচ্ছাবলকেমনআছো। বাড়ি ঠিক ঠাক পৌঁছেছ তো।

হ্যাঁ?????????

তুমি তোমার মানা বাবাকে বেশি ভালোবাসো?

আমি দু?জনকেই সমান ভালোবাসি? আর তারা দুজনেই আমাকে খুব বেশি ভালোবাসে উত্তরের তানিয়া আমাকে তাই বলল।

তারপরে আমরা একে অপরের ভাল লাগা না লাগা অনেক কিছু জিজ্ঞাসা করলাম। কিছু জিনিস দুজনের পছন্দ একই। আবার কিছু জিনিস রে দুজনের পছন্দ সম্পূর্ণ আলাদা। সেরাতে এরকম করে আমরা দু'ঘন্টা কথা বললাম। কথা বলছি কিন্তু কেন জানিনা কথা শেষ হচ্ছে না, সাধারণ কথাগুলো কেন অন্য মানে খুঁজে পাচ্ছি। যেমন ধরেন আমি ওকে জিজ্ঞাসা করছি তুমি কি খেয়েছ? ও আমাকেএকিকথাই বলছে। কিন্তু সাধারন কথাটাই মনে হচ্ছে লুকিয়ে আছে ভালোবাসা একে অপরের প্রতি কেয়ার, একে অপরের জন্য চিন্তা। মনে হচ্ছে পৃথিবী কে নতুনভাবে চিনছি। মনে হচ্ছে এই পৃথিবীতে আগে আমি ছিলামই না। প্রত্যেকটা জিনিসের নতুন মানে খুঁজে পাচ্ছি। আমার যে জিনিসগুলো পছন্দ নয় সেই জিনিসগুলোকে নতুনভাবে ভালোবাসছি। তানিয়ার প্রত্যেকটা জিনিস আমি যত বার দেখছি তত মুগ্ধ হচ্ছি।

# 5

# তার জন্যে আমার উপহার

পরের দিন আমি কোচিংয়ে যায়। আমি আমার বন্ধুর সঙ্গে কথা বলতে বলতে হঠাৎ করে একজন আমাকে জিজ্ঞেস করল?

কালকের প্লান কি তোর?

আমি একটু অবাক হয়ে জিজ্ঞেস করলাম কিসের প্ল্যান?

কেন জানিস না কাল তানিয়ার জন্মদিন।

এই কথাটা শুনে আমি বিশাল খুশি? আমি যেন এই দিনটার অপেক্ষায় করছিলাম। আমি সেদিন কোচিং না করে সেখান থেকে চুপচাপ চলে এলাম। আমি প্রত্যেকদিন ভাবতাম যারা জন্মদিন পালন করে তারা কত প্রকার। কারণ একদিন পালন করার কি আছে প্রত্যেকটা দিনই তো পালন করা উচিত। কিন্তু আজ আমি বুঝতে পারলাম যে নিজের প্রিয় মানুষটার জন্মদিন কতটা স্পেশাল হতে পারে। ঠিক 11:49 আমি তানিকে কল করি। আর কল করে বলি বাইরে বেরিয়ে এসো। আমার অনেক ভয় হচ্ছিল যদি তানিয়ার বাবা দেখে নেয় তাহলে কিন্তু আমার রক্ষা নেই। তা আবার মনে হল ভালোবাসার জন্য এইটুকু করতে পারব না। কোন ব্যাপার না। তানিয়া একটা টপ আর জিন্স প্যান্ট পড়ে বেরিয়ে এলো। আমি তার দিকে তাকাতে আমিও সৌন্দর্যে মুগ্ধ। আরে তোমাকেই তো নায়িকা করতে পারে। তুমি এত সুন্দর আজ কেমনে হচ্ছেআরো সুন্দর লাগছে। বর্ধমানে আমার একটা বন্ধুর রেস্টুরেন্ট ছিল। তাকে একটু বেশি টাকা দিয়ে রেস্টুরেন্টটা বুক করেছিলাম।

সোজা তানিয়াকে নিয়ে রেস্টুরেন্টে গেলাম। আমি আগে থেকেই প্ল্যান করে রেখেছিলাম। সেদিন আমরা অনেক আনন্দ করি এবং আনন্দ করার পর তানিয়ার হাতে একটা গিফট দিয়ে বলি এটা বাড়ি গিয়ে খুলবে। ওখানে খুলতে চাই ছিল। তাও আমি জোর করে বললাম ওটা তুমি বাড়িতেই খুলিয়ো। আমার তানিয়াকে তানিয়ার বাড়িতে রেখে এলাম। বাড়ি এসে ঘুমিয়ে পড়লাম। দশটা যখন ঘুম ভাঙলো তখন তানিয়ার একটা মেসেজ মেসেজে লেখা আছে আজ বিকেলে বর্ধমানের কে এস পি পার্কে দেখা করবে। বিকেল পাঁচটায় আমি ওখানে অপেক্ষা করবো।

# 6

# রঙিন পৃথিবী

বিকেল পাঁচটা বাজায় আমি ওখানে গেলাম গিয়ে দেখি তানিয়া গেটে দাঁড়িয়ে আছে দুটো টিকিট নিয়ে। একটা আমার জন্য আর একটা ওর। আমরা টিকিট দিয়ে ভিতরে ঢুকলাম। কে এস পি পার্কের ভিতরে একটা পুকুর আছে ওই পুকুরের একটা ধারে একটা নারকেল গাছের নিচে আমরা বসলাম। আমি তানিয়াকে জিজ্ঞাসা করলাম হঠাৎ পার্কে আসতে বলে আর দেখা করতে বললে। ও বলল তোমার সাথে আমার অনেক কথা আছে।

"আমি জানিনা আমি তোমার চেয়ে ভালো ছেলে কখনো পাবো কিনা, আসলে আমি পেতে চাইব না। প্রত্যেকটা মেয়ের একটা ভালো মানুষের অপেক্ষা করে। আমি জানিনা ঠিক না ভুল কিন্তু সেই অপেক্ষা করা মানুষটা হলে তুমি। আমি চাইনা তোমার আপত্তি আছে কিনা কিন্তু আমি তোমাকে প্রচন্ড ভালোবাসি। নিজের চেয়েও অনেক বেশি ভালোবাসি। তোমার সাথে একসাথে থাকতে চাই। তোমার সুখ দুঃখের সাথী হতে চাবল"তানিয়া কথাগুলো বলল।

আমি কয়েকটা দিন ধরে তানিয়াকে কথাগুলো বলার জন্য অপেক্ষা করছিলাম। আমি ঠিক যা যাওকে বলতে চেয়েছিলাম তা সবকিছু আমাকে বলল।

আমি তানিয়াকে বললাম আমার ইচ্ছে করছে তোমাকে জড়িয়ে ধরে থাকি। কিন্তু আমার ধর্ম আমাকে এটা করতে দেবে না। আমিও তোমাকে অনেক ভালবাসি নিজের চেয়েও বেশি।

তোমার হাতটা ধরতে ইচ্ছে করছে বলতেই সে তার হাতটা বাড়িয়ে দিল। আমি বললাম তুমি একটা কাজ করো না প্লিজ তোমার হাতটা কে আগে রুমাল দিয়ে বাঁধো। তারপর রুমাল এরউপর দিয়ে তোমার হাতটা ধরছি। যাতে আমি তোমাকে ছুঁতে না পারি। তাহলে সেটা হারাম হয়ে যাবে। আর আল্লাহ আমাদেরকে কখনো ক্ষমা করবেন না। আমার এই ব্যবহারে তানিয়া আরো বেশী খুশী হল। সেদিন আমরা একে অপরের হাত ধরে কমবেশি পুরো বর্ধমান শহরটা ঘুরে ছিলাম। নতুন করে বাঁচতে ইচ্ছে করতে লাগলো। নতুন করে জীবন অনেক কিছু করতে ইচ্ছে করতে লাগলো। আরে আমি তো আপনাদের বলতে ভুলে গেছি সে গিফটটা তে কি ছিল। তানিয়ার একটা ভাই ছিল সে খুবছোট তে মারা যায়। তাই তার ছবি কারো কাছে নেই। আমি অনেক খোঁজার পর তানিয়ার বাবার এক বন্ধু তার কাছে তানিয়ার ভাই, তানিয়া , তানিয়ার বোন, মা ও বাবা এক ফ্রেমে ছিল। আমি জানতাম যে তার কাছে সেটা কতটা মূল্যবান। কিন্তু এরকমভাবে এটা আমি জানতাম না।

# 7

# ভালোবাসার প্রথম সকাল

এটা ছিল ভালোবাসার পর প্রথম সকাল। যখন পনি ভালোবাসবেন দেখবেন আপনার প্রত্যেকটা মুহূর্ত খুব আবেগপ্রবন হয়। দেখবেন এর আগে আপনি কখনো সময়গুলোকে অতটা গুরুত্ব দিয়ে ভাবেননি যতটা আপনি ভালোবাসার পর ভাবেন। মনে হয় যেন প্রত্যেকটা জিনিস আপনার অনুরুপ এ চলছে বা আপনার মত করে পৃথিবীটাকে সাজিয়েছে। সকাল 5:30 বাজতেই আমি আমার ফোন থেকে একটা মেসেজ পাঠালাম তানিয়াকে

'গুড মর্নিং বেবি'

একইভাবে ওর দিক থেকেও মেসেজ এলো গুড মর্নিং।

গুড মর্নিং কে আবিষ্কার করেছে জানিনা তবে যে আবিষ্কার করেছেন কেন জানিনা প্রথমবার তার জন্য দোয়া করতে ইচ্ছা করলো। কোচিং সেন্টার যেটা পৃথিবীর সবচেয়ে নোংরা জায়গা বলে মনে হতো, আজ সেটা স্বর্গ মনে হয়। আসলে কোন জিনিস খারাপ বা ভালো হয়না সেটা আমাদের সাপেক্ষে খারাপ বা ভালো হয়। যেমনটা আমাদের প্রয়োজন তেমনটা না হলে আমাদের খারাপ মনে হয়। যথাসময়ে কোচিংয়ে পৌছালাম, পৌঁছে দেখি তানিয়া আমার আগে এসেছিল। যেন আমার জন্য অপেক্ষা করছে। শিক্ষক মহাশয় ঘরে প্রবেশ করল কিন্তু তাতে আমাদের কি যায় আসে আমি পুরো কোচিং তার দিকে তাকিয়ে কাটালাম। আর সে আমার দিকে। আমরা কোন কথা বলছি না কিন্তু তাও যেন মনে হচ্ছে চোখে চোখে অনেক কথা বলে

দিলাম। আরো আমাকে অনেক কথা বলল। আজ মনে হল কোচিং মাত্র 5 মিনিট হল। আসলে ভালো সময় গুলো খুব তাড়াতাড়ি কেটে যায়। সময় তো সময়ের মতই চলে। কোচিং শেষ হতে হতে রাস্তায় একটা গোলাপ হাতে দিয়ে আই লাভ ইউ বললাম। একটা চকলেট দিলাম। ও কিন্তু আমাকে তাই দিল। ও আমার চুলে হাত দিতে গেলে আমাকে বারণ করলাম। আর বললাম আমরা একে অপরকে স্পর্শ করব না যতদিন আমাদের বিয়ে হবে। কারণ আমরা আমাদের ভালবাসাকে পৃথিবীর সবচেয়ে পবিত্র ভালোবাসা হিসেবে রাখতে চাই। এ কথাটা শোনার পরে আরো বেশী খুশী হল। আমাকে জিজ্ঞাসা করল তুমি এতো ভালো কি করে হতে পার।

আমি এই রকমই!

আমাকে তিনজন ভালোবাসে মা বাবা ও তুমি। আমি কত ভাগ্যবান এতজনকে ভালোবাসার মানুষ হিসেবে পেয়েছি। এর চেয়ে পৃথিবীতে কিছুই চাইনা। তুমি আমার সাথে আমার হাত ধরে সারা জীবন পাশে থাকবে তো। তানিয়া আমাকে জিজ্ঞাসা করল ।

হ্যাঁ অবশ্যই

তুমি আমার প্রথম ভালবাসা। তুমি আমার জীবনের সবচেয়ে বেশি আমাকে ভালোবাসো। তোমাকে হারানোর কথা আমি কখনো ভাবতেই পারিনা।

আমরা এত সিরিয়াস হয়ে যাচ্ছে কেন বলতো? তানিয়া বললো।

জীবনটাকে উপভোগ করি চলো আমাদের মতো করে আমি বললাম তানিয়াকে।

সময় হওয়ায় যে যার বাড়ি চলে এলাম। বাড়ি আসতে আসতে একে অপরের সাথে ফোনে কথা বলতে বলতে বাড়ি এলাম।

প্রথম যখন ভালোবাসবেন তখন একে অপরের সাথে কথা যা কথা বলবেন সব কথাগুলোই কেন জানিনা ইস্পেশাল মনে হবে।

হয়তো এটা ভালবাসার নিয়ম।

বাড়ি পৌছে গেলাম। তারপর একে অপরের ফোন কাটলাম। রাতে অনেক কথা বললাম বলার পর গুডনাইট দিয়ে রাত টা শেষ করলাম।

রেস্টুরেন্ট

প্রথম প্রথম যখন ভালোবাসবেন তখন দেখবেন আপনার প্রিয় জায়গা গুলো হবে রেস্টুরেন্ট শপিং মল সিনেমা হল ইত্যাদি।

ভালোবাসার পর এই প্রথম তানিয়াআমি একসাথে খেতে যাচ্ছি। দেখবেন ভালোবাসার আগে ছেলেরা নিজেদের পোশাক-আশাকে এতটা গুরুত্ব দেয় না। কিন্তু যখনই তারা ভালোবাসায় পড়ে নিজের সবচেয়ে সেরা রূপ টা তুলে ধরার চেষ্টা করে। আমি তার ব্যাতিক্রম নয়। আমি ও আমার যতগুলো পোশাক ছিল তার মধ্যে সবচেয়ে ভালো পোশাকটা পরিধান করে গেলাম। গিয়ে দেখি তানিয়া রেস্টুরেন্টে দাঁড়িয়ে আছে। আমি বুঝতে পারতাম না সব সময় আগে কি করে পৌঁছে যেত। না আমাকে আমার চেয়েও বেশি ভালোবাসতো। যে আপনাকে আপনার চেয়েও বেশি গুরুত্ব দেবে তাকে কখনো হারাবেন না। তানিয়াকে যতবার দেখতাম ততবার অবাক হতাম একজন মানুষ কি করে এত সুন্দর হতে পারে। যত বার দেখছি ততবার মনে হচ্ছে আগের চেয়ে বেশি সুন্দর।

তানিয়ার জন্য আমি চেয়ারটা কে সরিয়ে দিলাম বসার জন্য ওকে আগে বসতে বললাম তারপর আমি বসলাম। ওকে বললাম কি খাবে।

তুমি সব সময় খাবে দাবে করো কেন বলতো। খাব সেটা পরের কথা আমি তোমার সাথে অনেক কথা বলতে এসেছি। আরে আমরা আজ অনেক গল্প করব তারপরে তো। তানিয়াআমাকে বলল।

আমি তানিয়াকে জিজ্ঞাসা করলাম তোমার পরিবারের ব্যাপারে কিছু বল।

আমি আমার মা আর আমার বাবা আছে আর আমার বোন মেয়েদের হস্টেলে পড়াশোনা করে। আমার বোনের সঙ্গে আমার কখনো মিল হয় না। ও পাঁচ ওয়াক্ত নামাজ পড়তে পছন্দ করে। সব সময়এমন পোশাক-আশাক পরে যেন মনে হয় গোটা পৃথিবীর লোক ওকে শুধু দেখে। তাই সবসময় বোরকা এ ধরনের পোশাক পরে। ও বাড়ি এলে সব সময় আমাকেও সাথে কম্পেয়ার করা হয়। তাই ওর কথাতো বাদই দাও।

তানিয়ার কথাগুলো শুনে আমি তানিয়াকে বললাম তোমার পরিবার কত ভালো।

একদম সিনেমায় দেখা পরিবারের মতো তোমার পরিবার।

একভাবে তানিয়া আমাকে জিজ্ঞাসা করল আমার পরিবারে কে কে আছে।

আমি আমার একটা ভাই আর আমার বাবা-মা।

আমি ছোট থেকে হোস্টেলে থাকার কারণে কারো সাথে আমার কোন পরিচয় নাই। বাবা-মার সঙ্গে খুব কম কথা হয়।

তাছাড়া ওদের সাথে আমার কোন মতমিলেনা।

আচ্ছা তানিয়া তুমি জীবনে কি হতে চাও।

আমি ডাক্তার। আমাকে ডাক্তার হতে হবে না তো আমার বাড়িতে থাকা মুশকিল হয়ে যাবে। এমনিতেই আমার বোন আমার চেয়ে দেখতে বেশি সুন্দর। আবার পড়াশোনা তো খুব ভালো। তাই ও যদি কোনো ভালো চাকরি পেয়ে যাই তাহলে খুব মুশকিল হয়ে যাবে আমার জন্য।

আমি বললাম তুমি ডাক্তার অবশ্যই হবে। আমরা তোমার পাশে আছি। আমরা মিলে পড়াশোনা করি তোমাকে ডাক্তার করব।

সত্যি তুমি কত ভালো। তোমাকে যত বার দেখছি নতুন করে ভালবাসতে ইচ্ছে করছে। তানিয়া বললো।

তানিয়াকে জিজ্ঞেস করলাম তুমি কি খাবে বলো। আমি বললামচলো বিরিয়ানি খাই। তানিয়া বলো না না ওসব খেতে আমার ভালো লাগে না আমি পিজা খাব। আমি বললাম দুটো পিজা দেন।

খাবার-দাবারের পর বেরিয়ে এলাম।

# ৪

# তোমার নামে আমার নাম

ভালোবাসা এমন একটা জিনিস যেটা আপনি যতই গোপন করার চেষ্টা করুন না কেন ততোই লোক জানতে পারবে। আমরাও এর ব্যতিক্রম ছিলাম না। কয়েকদিন হতে না হতেই কোচিং এর সমস্ত ছেলে মেয়েরা জানতে পেরে যায় যে তানিয়া আর আমি একে অপরকে ভালোবাসি। দেখবেন যখনই আপনাদের ভালোবাসা সামনে আসবে কিছু মানুষ আপনাদের ভালবাসাটাকে উপভোগ করবে। আবার কিছু মানুষ আপনাদের সম্পর্ক ভাঙার জন্য সবরকম চেষ্টা করতে থাকবে। কিন্তু তার মধ্যে একটা জিনিস আছে দেখবেন যখন আমি প্রথম ভালোবাসবেন তখন আপনাকে আপনি যাকে ভালোবাসেন তার নাম ধরে ডাকবে। যে আপনাকে ভালোবাসে তাকে আপনার নাম ধরে ডাকা হবে। এটা একটা খারাপ জিনিস কিন্তু আপনি যখন সম্পর্ক থাকবেন তখন ভালোবাসার মানুষের যেকোনো জিনিস এই পৃথিবীর মহামায়া যুক্ত জিনিস আছে অনেক বেশি ভালো লাগবে। আপনি ভাববেন সবাই তো জেনে গেছে এবার তো সমস্যা হতে পারে।

কিন্তু লক্ষ্য করে দেখবেন আপনি আসলে চান না যে আপনার ভালবাসার চর্চা তারা না করুক। যখন আমাদের ভালোবাসা নিয়ে আলোচনা হয় আমাদের ভালো লাগে। আমরা জানিয় এর খারাপ করে পরিণতি কি কি হতে পারে। আমরা এটাও জানি যে ওর বাআমার পরিবারের কেউ জেনে নিলে হয়তো আমাদের সম্পর্কটা থাকবে না। কিন্তু তা সত্ত্বেও আমরা বারণ করি না

যতক্ষণ না আমাদের সম্পর্ক নিয়ে কেউ খারাপ কথা বলে। ভালোবাসা সত্যি এ রকম আপনি জানবেন আপনি বরবাদ হচ্ছেন কিন্তু আপনি আটকাতে পারবেন না। এ বরবাদ আপনাকে ভালো লাগবে। কারণ এটা ভালোবাসা। কোচিং এর শেষে আমরা বেশ সময় একসাথে অতিবাহিত করতাম। অন্যদের মতো আজকেও অতিবাহিত করছি হঠাৎ তানিয়া আমাকে বলল তোমার নাম ধরে আমাকে সবাই ডাকছে। আমি ওকে জিজ্ঞাসা করলাম খারাপ লাগছে?

নাতো কিন্তু একটা অন্য অনুভূতি লাগছে। খুব ভালো লাগছে।

আমাকে কখনো ছেড়ে যাবে নাতো। আমরা প্রত্যেক দিন এভাবে ভালবাসবে তো। একে অপরকে কখনো ভুল বুঝো না তো।

আমি ওকে বললাম বিশ্বাস করো এরকম কোনোদিনই আসবেনা। ভালো সম্পর্ক কখনোই ভাঙ্গে না। ঠিক তেমন আমাদের সম্পর্ক কখনো ভাঙবে না।

তানিয়ার গিফট

তানিয়া অনেক বেশি সিনেমা দেখত। তাই প্রত্যেক দিন ভালোবাসার নতুন নতুন আইডি খুঁজে বার করত। আজ সকালে প্রতিদিনের মত আমি গুড মর্নিং পাঠালাম দেখি আমাকে বলল একটা ফাঁকা জায়গায় চলো। আমরা ওর কথা অনুযায়ী একটা ফাঁকা জায়গায় ঠিক করলাম। আমি তার আগে জিজ্ঞাসা করলাম কিছু আছে নাকি।

আমাকে কিছুই বলল না শুধু আসবে কিনা বল। আমি বললাম আরে তুমি আমাকে জাহান্নামে যেতে বললেও আমি যাব। আমি আমার মন জানার জন্য তোলপাড় করছে। কি এমন আছে বাকি এমন ব্যাপার। তাও বলল যে না আরে তুমি এসো না তানিয়া আমাকে বলল। আমাদের কি করার আছে বলল যেতে হবে। তাই গেলাম

গিয়ে দেখি তানিয়া আমাকে বলতে লাগল। জানোতো এর আগে কাউকে আমি এত বেশি ভালোবাসি। আমি তোমাকে এতটা বেশি ভালোবাসি যে আমার বারবার তোমাকে হারানোর ভয় হয়। আর তাই আমি তালা মারা দুটো বেসলেট নিয়ে এসেছি। একটা তুমি পড়বে আর একটা আমি। আর ওর মধ্যে আমরা তালা মেরে দেবো। আমার হাতে ব্রেসলেটা পরিয়ে আমাকে বলল। এবার তুমি আমাকে তালা মেরে দাও না। আমি ওর কথা অনুযায়ী তাই করলাম। ও আমার হাতের বেসলেট টা তালা মেরে দিল আর বলল এটা আমরা কেউই একে অপরের খুলতে পারবো না। মানে তুমি আমার আর আমি তোমার তালাবদ্ধ করে দিলাম। কোনদিন খুলবে নাই তালা।

এটা একটু বোকা বোকা মনে হলো আমার কাছে কিন্তু এর মধ্যে সৃষ্টি হওয়া ভালোবাসাগুলো বেশ ভালো লাগলো। এটা জেনে ভালো লাগলো যে

তানিয়া আমাকে কত ভালবাসে আমাকে হারানোর ভয় করছে। কারণ আমরা যে মানুষগুলো কে সবচেয়ে বেশি ভালোবাসি সেই মানুষগুলো কে আমাদের হারানোর ভয় থাকে। আসলে এই বোকা বোকা জিনিসগুলো ভালোবাসাকে দীর্ঘ করে দেয়। আরো গভীর করে দেয়। এই ছোট ছোট বোকা জিনিসগুলো আমাদেরকে একে অপরের কথা ভাবতে বাধ্য করে। আসলে আমরা চাই আমাদের ভালবাসার মানুষগুলো এ ধরনের কাজ গুলো আমাদের সামনে করুক। আমাদের সাথে খারাপ লাগুক বা ভালো লাগুক। এটা জেনে ভালো লাগে যে সামনের জন আমাকে কতটা ভালোবাসে তাই বোকাবোকা জিনিসগুলো আমার সামনে করছে। ভালোবাসা কতটা সুন্দর যে ভালোবাসা করেছে সে ছাড়া কখনো কেউ অনুভব করতে পারে না। বাকিদের সবসময় এটা মনে হবে এবং কত বোকা বোকা জিনিস। কিন্তু বিশ্বাস করুন যারা ভালোবাসে তারা সত্যিই বোকা নয় তারাও জানে এ জিনিস গুলো বোকা মনে হয়। কিন্তু এই বোকা বোকা জিনিস গুলো আমাদের জীবনে থাকে বলেই আমরা বেঁচে থাকার নতুন পথ খুঁজে পায়।

এ কথাগুলো যারা পড়ছেন এরা বুঝতে পারছেন অনুভূতিগুলোকে অনুভব করতে পারছে। যারা ভালোবাসেন নি তারা এই কথাগুলো শুনে নতুন ভালবাসার সন্ধান খুঁজে পাবেন।

# ৭

# তানিয়ার প্রথম কষ্ট

সন্ধ্যা সাতটার সময় হঠাৎ তানিয়ার মেসেজ আছে আর মেসেজে লেখা আছে।

আমাকে কেউ ভালবাসে না।

আমি সঙ্গে সঙ্গে মেসেজ করলাম কি হল তোমার। তুমি সব কথাবার্তা বলছো কেন। আমরা তোমাকে সবাই ভালবাসি। আমি তোমাকে অনেক বেশি মিস করি।

তাহলে তুমি এসব কথা বলছ কেন।

আমাকে বললে কল করব। এর আগে কখনো ফোন করার জন্য পারমিশন চাইনি এই প্রথমবার চাইল। আমি একটু বেশি অবাক হলাম।

আমি জিজ্ঞাসা করলাম তুমি ঠিক আছো তো।

ওপাশ থেকে উত্তর এলো না।

করুণাময় কন্টে না।

আমি এবার জিজ্ঞাসা করলাম ভাই প্লিজ বল।

তানিয়া আমাকে কল করলো আর কল করে বলল।

আমার বাবা-মা আমাকে একদম ভালোবাসে না। সব সময় আমাকে আমার ছোট বোনের সাথে কম্পেয়ার করে। ও পড়াশোনা ভালো তো আমি কি করবো। আমার পড়তে ভালো লাগে না। আমি ঘুরতে চাই মানুষের সাথে মিশতে চাই। আমি ঘন্টার পর ঘন্টা বই পড়তে পারি না, ওপারে। আমার অনেকগুলো স্বপ্ন আছে ওর নেই। সারাজীবন পড়াশোনা করতে চাই তারপর একটা ছেলেকে বিয়ে করতে চাই। ও সংসারী টাইপের মেয়ে। আমিনা আমি

দুনিয়া ঘুরতে চাই। আমার বন্ধুদের সঙ্গে। এই পৃথিবীটাকে নিজের মতো করে এক্সপ্লোর করতে চাই।

আজকে আমার বোন বাড়ি এসেছে। সকাল থেকে আমার বাবা-মা আমাকে ওর জন্য বকাবকি করছে।

ওর এটা ভালো। তোমার না।

ওর এইজিনিসটাকে তুমি ফলো করো।

আমি ওকে ফলো করতে যাব কেন?

আচ্ছা আমি বললাম।

দেখো ও আজকে বাড়ি এসেছে তো তাই ওকে এসব কথা বলছে। যেন খুশি হয়ে যায়।

তুমি তো প্রতিদিনই বাড়িতে থাকো। তুমি তো সব সময় তোমার মা বাবার ভালোবাসা পাওয়া। একদিন ওকে লিতে দাও না। আর তাছাড়া ওকি সারা জীবন তোমার সাথে থাকবে। আরে যখন আমাদের বিয়ে হবে। তখন তো তুমি আমাদের সাথে থাকবে। তখন তোমার বোন আর আসবে না তোমাকে জ্বালাতন করতে।

আমরা তাড়াতাড়ি বিয়ে করে নেব তানিয়া ওপাশ থেকে বলল।

আমি হাসতে হাসতে বললাম হ্যাঁ।

এখনই চলো।

না না এখন না আর কয়েকবছর পর তানিয়া উত্তরে বলল।

দেখবেন যখন আপনি ভালোবাসবেন কাউকে দেখবেন তার জীবনের ছোট ছোট ঘটনাগুলো সে আপনাকে বলবে।

যেগুলো কোনো সমস্যাই নয়।

কিন্তু আপনি যখন শুনবেন দেখবেন আপনায় মনে হবে সেগুলো কত বড় সমস্যা।

আসলে সমস্যা গুলো বড় নয়। বড় হল যার সমস্যা সেই আপনার সবচেয়ে কাছের। এটাই তো সবচেয়ে বড় সমস্যা।

# 10

# আমাদের স্বপ্ন

যখন আপনি ভালোবাসবেন। দেখবেন আপনি হাজারো স্বপ্ন দেখবেন দিনে বা রাতে। কারণ ভালোবাসার আরেক নামই তো স্বপ্ন। বেঁচে থাকার স্বপ্ন। একসাথে থাকার স্বপ্ন। নিজেদের জীবনকে সুন্দরভাবে সাজানোর স্বপ্ন।

ভালোবাসা যারাই করেন তারা মরার আগের দিন পর্যন্ত সমস্ত স্বপ্ন নিজের মতো করে তৈরি করে রাখেন।

শুধুমাত্র কবে মরবে এটা বাদ দিয়ে।

আমরাও এর ব্যতিক্রমী ছিলাম না।

আমাদের ভালোবাসা সবচেয়ে ভালো মুহূর্তে আছে। তাই আমাদের এখন সকাল সন্ধ্যা গুড মর্নিং দিয়ে শুরু হয় আর গুডনাইট দিয়ে শেষ হয়। আমরা এখন ঘন্টার পর ঘন্টা কথা বলি তাও মনে হয় মাত্র কয়েক মিনিট কথা বললাম। এই দিনগুলো সত্যিই খুব ভালো হয়। কথা আছে শুনেছেন যখন আপনি ভালোবাসবেন তখন আপনার স্বপ্নের চেয়েও বাস্তবটা বেশি আনন্দময় হয়ে উঠবে।

এটা শুধুমাত্র একটা মেয়ে আর একটা মেয়ের জন্য একটা ছেলে পারে।

তানিয়া আমাকে সারাদিনের সব ছোট ছোট ঘটনা গুলো শোনান তো। এমনকি আমরা একে অপরকে আজকে কিখেলাম কি করলাম তাও সবকিছু এক অপর কে বলতাম।

একে অপরকে প্রত্যেকদিন একটা করে চকলেট দিতাম।

চকলেট খাওয়ার পর সে প্যাকেটটা কি একটা ডায়েরিতে সুন্দর করে লাগিয়ে রাখতাম। যেন চকলেট এর চেয়েও চকলেট এর প্যাকেটের গুরুত্ব

অনেক গুণ বেশি। এক রাতে এরকম কথা বলতে বলতে হঠাৎ করে আমি তানিয়াকে আমি জিজ্ঞাসা করলাম। আচ্ছা আমাদের বিয়ে হওয়ার পর আমরা কি করব।

তানিয়া আমাকে যা বলল তা হল

আমাদের বিয়ে হওয়ার পর আমরা প্রত্যেক শুক্রবার নতুন নতুন সিনেমা দেখতে যাবো। প্রত্যেকদিন আমরা নতুন নতুন পছন্দের রান্না করবো। এখন তুমি আমাকে বারবার বারণ করো না যেন আমাকেই স্পর্শ করিও না। আমরা একে অপরকে এখনই স্পর্শ করি না। তুমি বলো এখন যদি স্পর্শ করি তাহলে ভালোবাসো অপবিত্র হয়ে যাবে। তাই বিয়ের পর তোমাকে অনেক বেশি স্পর্শ করব। আমাদের প্রতিদিনের সকালটা একে অপরের গুড মর্নিং হবে। আমাদের দুই থেকে তিনটি ছেলে মেয়ে হবে। তাদেরকে প্রচুর ভালোবাসবো। মেয়েগুলোকে তুমি আমার মত তৈরী করবে আর ছেলেগুলো কে আমি তোমার মত তৈরি করব। আরো অনেক বেশি ভালোবাসবো।

তানিয়ার এই কথাগুলো শুনে আমার চোখে জল চলে আসতে লাগলো। যেন আমি স্বপ্নেও কল্পনা করতে পারিনি যে এতটা সুন্দর দিনআমি একদিন দেখব।

তানিয়া থ্যাংকস।

আমার জীবনের প্রত্যেকটা মুহূর্ত এত সুন্দর এত আনন্দময় করার জন্য। আমি হয়তো প্রচুর ভালো কাজ করেছিলাম তোমার মত কাউকে পেয়েছি।

আমি জানিনা স্বপ্ন গুলো সত্যি হবে কিনা। কিন্তু আমি তোমাকে কখনো ছাড়া বাঁচতে পারব না। আমার স্বপ্ন তুমি।

তানিয়া আমাকে বলল-তুমি কত ইমোশনাল।

সত্যি আমাকে খুব বেশি ভালোবাসো তাই না?

আমি বললাম অনেক বেশি,.

# 11

# নতুন অধ্যায়ের সূচনা

ভালো সময় গুলো দেখবেন খুব তাড়াতাড়ি অতিবাহিত হয়। দেখতে দেখতে দু বছর কেটে গেল। আমরা টুয়েলভ ক্লাসে উঠে পড়লাম। দেখবেন যখন আপনি টুয়েলভে উঠবেন। তখন আপনি আপনার পরিবেশের সিনিয়র সেটা হোক বা ইস্কুলের বা কোচিং সেন্টারে। সব জায়গায় দেখবেন আপনাকে বড় বড় অনুভূতি হতে লাগে। আপনি প্রথম বুঝতে পারেন আপনি বড় হয়ে গিয়েছেন। আমিও প্রথম জীবনে অনুভব করলাম যে আমি অনেকটা বড় হয়ে গিয়েছি। কারণ এই সময়ে এগুলো মানুষ আমাদের সামনে এমন আচরণ করবে যার ফলে আমরা আস্তে আস্তে বুঝে ফেলি বা বাস্তবের সাথে আস্তে আস্তে পরিচয় হতে শুরু করি। প্রত্যেকের জীবনের সবচাইতে মূল্যবান সময় হচ্ছে ক্লাস টুয়েলভ। আপনার জীবনের পুরো একটা পর্বের সমাপ্তি ও নতুন একটি পর্বের শুরু। আপনি সম্পূর্ণ নতুন পৃথিবীতে পা দিতে যাচ্ছেন। ঠিক একইভাবে আমিও তাই এই প্রথম স্বপ্ন দেখতে শুরু করলাম যে টুয়েলভ ক্লাসের রেজাল্ট ভাল হলে ভালো একটা কলেজে ভর্তি হব। ভালো কলেজে ভর্তি হলে ভালো একটা চাকরি পাব তাহলে জীবনটা সাফল্য হবে। তাছাড়া আমার জীবনে তো অলরেডি একটা মূল্যবান জিনিস পেয়ে গেছি। সেটা হয়েছে আমার ভালোবাসার মানুষ তানিয়া। আর বাকিটা পেয়ে গেলে জীবনে আমি 100% সাফল্য ব্যক্তি।

এটা ভেবে আনন্দ লাগছে।

স্কুলের ক্ষেত্রে দেখবেন সাধারণত নতুন কোন ছেলে ভর্তি হয় না। কিন্তু কোচিংয়ে অনেক ছেলেমেয়ে ভর্তি হয়। আমরা যে কোচিং এ পড়তাম সেখানে

অনেক ছেলেমেয়ে ভর্তি হল। বেশ ভালো লাগলো নতুন নতুন ছেলে বা মেয়েদের সঙ্গে পরিচয় হবে। বেশ কিছু ভালো বন্ধু পাব।

বেশ কিছুদিন চলার পর।

আমি আর তানিয়া প্রত্যেকটা দিন ফাঁকা সময় পেলেই কথা বলি। দেখি আজ সারাদিন ম্যাসেঞ্জারে রিপ্লাই দেয়নি। সকালে মেসেজ করেছি এখনো রিপ্লাই দেয়নি। দেখবেন যখন আপনার ভালোবাসার মানুষের সাথে দিনে দুবার করে প্রতিদিন কথা হয়। সে যদি আপনার 5 মিনিট মেসেজের রিপ্লাই দিতে দেরি করে। তাহলে মনে হয় কয়েক সাল আপনি কথা বলেননি। বাড়ি পৌঁছে দেখি এখনো তানিয়া ম্যাসেজ করেনি। আমি একটু বেশি অবাক হলাম। কেন জানি না মনটা খারাপ হতে লাগল।

হ্যাঁ বল। একটু কাজ করছিলাম তাই তোমার মেসেজ দেখতে পাইনি।

নোটিফিকেশন থেকে তানিয়ার এই মেসেজটি পড়ে বেশ ভালো লাগলো।

আরে একবার তো বলতে পারতে।

সরি না বাবু। একটু ব্যস্ত হয়ে পড়েছিলাম।

আর কখনো এই রকম করবেনা। আমি বললাম।

আচ্ছা ঠিক আছে করবো না বলো কি করছো তানি আমায় জিজ্ঞাসা করল। এইতো তোমার কথা ভাবছিলাম।

আসলে আমার স্ত্রীর সাথে আজ আমার একটু ঝগড়া হয়েছিল।

কি বললে?

আরে আমার স্ত্রী আসলে একটু কাজ করছিল। আমার স্ত্রী কাজ করছিলে আমাকে একবারও বলেনি। আমি ওর জন্য কতটা কষ্ট পাই।

তানিয়া আমাকে বলল আমার হাজবেন্ডের অত বোঝা উচিত। তার স্ত্রী কত ব্যস্ত ছিল।

আচ্ছা ঠিক আছে স্বামী-স্ত্রী দুজনেই বুঝল আমি বললাম।

কালকে চল আইসক্রিম খেতে।

তানিয়া বলল কখন।

আমি বললাম কাল কোচিংয়ের পর যাব।

আচ্ছা ঠিক আছে।

আমি বললাম না না। তুমি একটা কাজ করো তোমার মা বা বাবাকে বলো তোমার কোন একটা বান্ধবীর জন্মদিন আছে সন্ধ্যেতে।

তানিয়া বললো ঠিক আছে তাই।

সন্ধ্যা পাঁচটার সময় তানিয়াআর আমি বর্ধমান এ বিগ বাজারে একসাথে হলাম। আমরা যখনই একসাথে হতাম আমি খুব বেশি খেয়াল রাখতাম যাতে কোনোভাবেই তানিয়ার সাথে আমার স্পর্শ না হয়। কারণ আমি জানি বিয়ের আগে কারো সাথে স্পর্শ হলে সেটাও অপবিত্র ভালোবাসা হয়। আর আমি চাই না আমাদের ভালোবাসা অপবিত্র হোক। তাই যখনই আমরা একসাথে হতাম তখনই তানিয়ার হাতে রুমাল বেঁধে তার পরেওর হাত ধরতাম।

তানিয়ার আমি আইসক্রিম কিনলাম। দেখি তানিয়া আইসক্রিম খেতে খেতে ওকে বেস্ট হট লাগলো। আমার হাতটা ওঠো টাকে খুব স্পর্শ করতে খুব ইচ্ছা করলো। স্পর্শ করতে যেতেই আমি আমার পকেট থেকে রুমাল টা বার করে ওর ঠোঁটে লেগে থাকা আইসক্রিমটা মুছে ফেললাম। তারপর ওর মুখের কাছে আমার হাতটা নিয়ে গিয়ে মানে আমার হাতটা ওর মুখে স্পর্শ না করে আমি আমার হাতের বিপরীতে কিস করলাম। তানিয়া জিনিসটা দেখে।

সত্যি তুমি খুব বেশি রোমান্টিক।

আজকের সমাজে ছেলেরা সব সময় মেয়েদের শরীর দেখে। কিন্তু তুমি সম্পূর্ণ আলাদা। এত ভাল মানুষ কি করে হতে পারে তানি আমাকে কথাগুলো বলল।

আমি উত্তরে বললাম সবাই কি আমার মত ভাগ্যবান।

সবার কাছে কি তানিয়া আছে?

আমার কাছে আছে।

কথা বলতে বলতে আমার চোখ পরল একটা টেডি বিয়ারের দিকে। আমি তানিয়াকে বললাম এক মিনিট বলে। দোকানদার কাছে গিয়ে টেডি বিয়ারকিনে আনলাম।

তানিয়া খুব খুশি হলো। আর তানিয়ার খুশিতে আমিও খুশি হয়ে পড়লাম।

তানিয়া তার দুই হাত দিয়ে আমার গাল দুটো টিপার চেষ্টা করল।

হঠাৎ হাত নামিয়ে তানিয়া বললো না না এখনই স্পর্শ করা যাবে না।

সেদিনটা আমার জীবনের অন্যতম মূল্যবান একটা দিন ছিল।

সন্ধে সাতটায় হওয়ায় তানিয়া বাড়ি চলে গেল। সারা রাস্তা আমরা ফোনে কথা বলতে বলতে বাড়ি পৌঁছে গেলাম।

# 12

# তার অবহেলা

এভাবে বেশ কিছুদিন চলতে চলতে। হঠাৎ তানিয়া দুদিন থেকে কোচিং এলোনা।

আমি বেশ অবাক। এই দুদিনে আমি তানিয়াকে কমসে কম 500 বারের বেশি কল করেছি। ধরেনি। বা কখনো কখনো সুযোগ এসেছে।

আমি ওর যতগুলো বন্ধু ছিল সবাইকে জিজ্ঞাসা করলাম সবাই বললো জানিনা।

আমার মনে হতে লাগলো আমার দম আটকে আসছে। মনে হচ্ছে আমি পাগল হয়ে যাব।

এই দুইদিনে আমি তানিয়ার বাড়িতে কমসেকম 200 বারের বেশি ঘোরাফেরা করেছি।

এমনকি ওদের গ্রামের ছেলেদের কেউ জিজ্ঞাসাবাদ করেছে।

সবাই বলেছে জানিনা। এজন্য আমি একটু বেশি অবাক হলাম।

দুদিন পর দেখি হঠাৎ তানিয়া কোচিং এসেছে।

আসতেই আমি ওকে জিজ্ঞাসা করলাম।

সবকিছু ঠিক আছে তো।

তুমি ভালো আছো তো?

তানিয়া বললো ঠিক আছে কোচিং শেষে বলছি।

দু'বছর পর আজ আমার মনে হতে লাগলো। কয়েকবছর ধরে কোচিং চলছে। আজকের দু'ঘন্টা টা মনে হচ্ছে কাটছে না।

অনেক কষ্টের পর যখন দু'ঘন্টা সমাপ্তি হলো। তখন আমি তানিয়াকে জিজ্ঞাসা করলাম আরে তুমি কোথায় ছিলে?

তানিয়া বললো আসলে আমার বাবা অসুস্থ ছিল। তাই দুই দিনের জন্য কলকাতা বাবাকে দেখাতে গিয়েছিলাম।

ঠিক আছে কিন্তু মেসেজের রিপ্লাই দিতে পারতে। আমি দুদিনে পাগল হয়ে গেছি।

আমি তোমাকে 512 বেশি কল করেছি।

একবার তো ফোনটা তুলতে পারতে। আরে একটা মেসেজ এই বলে দিতে।

তুমি জানো না আমি কতটা ভালবাসি তোমাকে। এই প্রথম আমি তোমাকে ছেড়ে থাকছি। আমি দুদিন ধরে ঘুমায়নি।

তানিয়া বললো আরে ঠিক আছে আমি সত্যিই ব্যস্ত ছিলাম। না হলে আমি অবশ্যই তোমার ফোন উঠাতাম।

প্লিজ এবার রাগ করোনা। তানিয়া বললো।

ঠিক আছে তবে আর এরকম করোনা প্লিজ আমি বললাম।

আরে তুমি আমার উপর রাগ করবে। তানিয়া বললো।

না নানা.............. আমি তোমার উপর রাগিনি। আসলে অনেক বেশি তোমাকে মিস করেছি।

এসব কথা বলতে বলতে তা নিয়ে আমার জন্য একটা ঘড়ি বাহির করে দিল। আর বলল এটা তোমার জন্য।

আমি খুব খুশি হয়ে গেলাম। আসলে ভালবাসার মানুষের সব জিনিসই খুব বেশি ভালো লাগে। ভালোবাসার মানুষের দেওয়া প্রত্যেকটা জিনিসই আমাদের প্রচুর আনন্দ দেয়।

এরপর থেকে tania-r মেসেজের রিপ্লাই আগের মতো দেয় না। আমি মেসেজ করলে আধঘন্টা পর বা কখনো কখনো এক ঘন্টা পর রিপ্লাই করে। আগে প্রত্যেকদিন কথা হতো এখন দিনে হয়তো একবার কথা হয়। তাছাড়া তানিয়ার আগের মত কোচিংয়ে আসেনা। যদি জিজ্ঞাসা করি কখনো তাহলে বলে ব্যস্ত ছিলাম। আমার খারাপ লাগে তবে কিছু করার নেই। ওকে অনেকবার বোঝানোর চেষ্টা করেছি। কিন্তু শুনেনি।

ফোনে যদি কথা বলি তাহলে ভয় ভয় লাগে। কারণ এখন ওর সাথে কথা কম ঝামেলা বেশি হয়। ওকে যা বলি যেটা বলি। সবকিছুর বিপরীত নেই।

আমার কথা কম শোনে। ওবন্ধু বান্ধবদের বেশি কথা শুনে।

আমার ফোনে কথা বলতে বলতে মাঝেমধ্যে ফোনটা কেটে দেবে।

এরপর যদি আমি ওকে 1012 কল করি তাহলে কল ধরবেনা।

কেন জানিনা তানিয়া আগের মত নাই। ওর সাথে কথা বললে খুব ভাবনা চিন্তা করে কথা বলতে হয়। শুধু

ভয় হয় আমি যে কথাটা বলছি সে কথায় রাগ করবে নাতো।

আবার ফোন ব্লক করে দেবে না তো।

আগে কথা বলতাম কত ভালো লাগতো। যত কথা বলতাম ততো মনে হয় বেশি কথা বলি। আর এখন ভালো ভালো অল্প কথা বলে ফোনটা কাটতে পারলে খুব বেশি ভালো লাগে। না হলে সারাটা দিন মুড অফ হয়ে থাকে।

আসলে ভালবাসার মানুষগুলো এরকমই হয় তারা যখন ভালো আচরণ করে তখন মনে হয় পৃথিবী কত সুন্দর। আর তারা যখন খারাপ আচরণ করে তখন মনে হয় আমার সাথে যা হচ্ছে প্রত্যেকটা জিনিস খারাপ হচ্ছে। প্রত্যেকদিন যখন ওর সাথে কথা হয় আমি ওর কাছে ভিক্ষা চাই।

কেন আমার সাথে এরকম আচরণ না করে? একথা বললে। আমার সাথে এমন আচরণ করে যেন মনে হয় আমি ওর সাথে খারাপ আচরণ করছি।

আমি যা বলি যেটা বলি আমার প্রত্যেকটা কথা খারাপ ভাবে নেয়।

বই পড়তে বসলে মন বসেনা।

মনে হয় আমি এইতানিয়াকে ভালোবাসি নি। তানিয়া এত পরিবর্তন কি করে হতে পারে। কারন তানিয়াএরকম কোন দিনই ছিল না। হঠাৎ তানিয়ার এতটা পরিবর্তন। আমি প্রত্যেকটা দিন নামাজ পড়ি। নামাজে আমি ঘন্টার পর ঘন্টা কান্না করি। আল্লাহর কাছে প্রার্থনা করি তানিয়াআমার সাথে কেনো এরকম আচরণ করে।

আমি প্রত্যেকটা দিন পার্থনা করি আর বলি আল্লাহ আমাকে ভালো রেখো।

আমার মনে যেন শান্তি থাকে।

সারাদিনরকাজগুলোআমি করতে পারি। কিন্তু আমি পারছি না পড়তে।

এভাবে চলতে চলতে হঠাৎ তানিয়াআমাকে মেসেজে বলল। সন্ধে সাতটায় আমাকে ফোন করিও।

তোমার সাথে কিছু ইম্পরট্যান্ট কথা আছে।

সন্ধ্যে সাতটা হতে আমি তানিয়াকে কল দিই।

তানিয়া কল ধরতে আমাকে বলল। আসলে আমার পড়তে খুব অসুবিধা হচ্ছে। সামনেইউচ্চ মাধ্যমিক টেস্ট পরীক্ষা। তাছাড়া আমাকে এমনিতেই

পড়াশোনার জন্য সারা দিনমান বাবা-মা বকাবকি করে। তাই পরীক্ষার তিনমাস আমি তোমার সঙ্গে কথা বলতে পারবোনা।

আমার বাবা ফোন কেড়ে নেবেন।

এ কথাটা তানিয়ার মুখ থেকে শুনি। আমার যেনমাথায় হাত পড়ে গেল। আমি মনে মনে চিন্তা করতে লাগলাম তিন মাসতানিয়াকে ছেড়ে থাকা আমার পক্ষে অসম্ভব। তাই আমি তানিয়াকে বললাম। দিনে একবার ফোনটা নেবে। আমাকে একবার শুধু হাই পাঠাবে।

তানিয়া আমাকে বলল নানা সেটা করা যাবে না। প্লিজ।

আচ্ছা ঠিক আছে। তবে তিন মাস পর কিন্তু আমাকে কথা বলিও। ভুলে যেও না।

আচ্ছা মা ডাকছে আসি। বাই

কথাগুলো শুনে আমি সেই রাত সারাটা রাত কেঁদেছিলাম।

আমার মনে হচ্ছিল তানিয়ার কাছে ভিক্ষা চাই। জানি সে আমার সাথে কথা বলে। কিন্তু তা করতে পারিনি। কারণ

ওর সামনে একটু কান্না করলে হয়তো ব্লক ই করে দিত।

তারপরে ওকে আর কিছু বললাম না।

প্রত্যেকটা দিন কাটছে কষ্টের।

তানিয়া ছাড়া আমার কাছে সবকিছু আছে। কিন্তু তাও জানিনা কিছুই নাই মনে হচ্ছে। মনে হচ্ছে বুকের বা পাশে একটা বড় পাথরের বোঝা চাপানো আছে।

ঘুমাচ্ছে ঘুম আসেনা। শুধু একটাই মনে হচ্ছে তানিয়া আমার সাথে তিন মাস না কথা বলে কি থাকতে পারবে।

ওতো আমাকে বলতো যে আমাকে কত ভালবাসে।

রাত নটা বাজে।

যা হবে হোক একবার মেসেজ করি। নানা একবার কল করি।

কল করলাম কিন্তু ধরলো না।

তখন মনে হল ফোন-টোন সব ভেঙ্গে ফেলি।

কিন্তু নিজেকে কন্ট্রোল করলাম।

আর ভাবলাম একদিন সব ঠিক হয়ে যাবে। আমি তো প্রত্যেকদিন নামাজ পড়ি। তাহলে ঈশ্বর আমার সাথে কেন এরকম করলেন।

তানিয়ার এইরকম আচরণের কারণে আমি আর কোচিং সেরকম যায়না। পড়তে বসি না।

আসলে ভালো লাগে না।

আমার আসলে সেরকম বন্ধু নাই। আর আসলে আমি বেশি বন্ধুর সাথে মিশতে পছন্দ করি না আমার বন্ধু সে রকম নাই।

আমি ছোট থেকে সবসময়ই একাই থেকেছি কিন্তু কখনও আমারে একা মনে হয়নি।

কিন্তু আজ মনে হচ্ছে।

আজ আমি বুঝতে পারছি আমার সব জিনিস তানিয়া ছিল। সেটা আমি জানতাম কিন্তু এভাবে জানতাম না।

অপেক্ষা করতে থাকলাম তিন মাসের।

আমার কাছে প্রত্যেকটা সেকেন্ড প্রত্যেকটা মিনিট একটা সালের মতো ভাবে কাটছে।

জীবনের সবচেয়ে খারাপ অনুভূতি হচ্ছে আপনার কাছে তার ফোন নাম্বার আছে।

আপনি জানেন আপনি তাকে কতটা ভালবাসেন। এমনকি সামনের মানুষটাও জানে আপনি তাকে কতটা ভালবাসেন। কিন্তু তাকে আপনি মেসেজ করতে পারছেন না। আপনি দেখতে পাচ্ছেন সে অনলাইনে আছে। কিন্তু আপনার কিছু করার নাই।

কারণ সে আপনাকে বারণ করেছে।

এভাবেই সময় গুলো কাটতে কাটতে হঠাৎ টেস্ট পরীক্ষায় এগিয়ে এলো। জীবনে প্রথমবার খারাপ রেজাল্ট করলাম। বলতে গেলে দুই 3 নাম্বার পেয়ে পাস করে গিয়েছে। নাহলে হয়তো ফেলি করতাম। পরের দিন স্কুলে যেতেই আমাকে অফিস থেকে ডেকে পাঠালো। অফিসে গিয়ে দেখি চারিদিকে স্যার বসে আছেন।

আমার ঢোকামাত্রই আমার নামে শিক্ষক মহাশয়ের যে আমার বিরুদ্ধে কমপ্লেইন ছিল সেগুলো একে একে সব শিক্ষক করলেন।

তারপরে আমাকে প্রধান শিক্ষক মহাশয় বললেন।

তোর সমস্যাটা কি?

আগে তো তুই ভালো পড়াশোনা করতিস। এখন আর পড়িস না কেন। শুনলাম তুই নাকি ভালোবাসা ভালোবাসা করছিস।

ওইসব করলে ছেড়ে দে কারণ একটা সময় ভালো লাগে। আস্তে আস্তে ওই জিনিস গুলো আমাদের কষ্ট দিতে শুরু করবে।

আমাদের উদ্দেশ্য গুলো নষ্ট করে দেবে। বেশিনা মাত্র এইট পরীক্ষাটা ভালো করে দে। তাহলে তোর জীবনের লক্ষ্যে পৌঁছতে পারবি।

কলেজে গিয়ে এইসব করবি।

আমি কোনো কথা না বলে স্যারেরউত্তরের শুধু হ্যাঁ বললাম।

অফিস থেকে বেরিয়েআস্তে আস্তে নোটিশ বোর্ডের চোখ পরল দেখলাম তানিয়া পেয়েছে 75 পার্সেন্ট।

বেশ ভালই লাগলো। কারণে পড়াশোনার জন্য সে প্রচুর কষ্ট করেছে।

এটা আমার জীবনের সবচেয়ে ভালো রেজাল্ট।

আমি আমার ফোনটা বের করে তানিয়াকে কংগ্রেচুলেশন জানালাম। কারণ এমনিতেই তিন মাস পার হয়ে গিয়েছে।

আসলে ভালোবাসা জিনিসটা এরকমই আপনার পরিস্থিতির যত খারাপই হোক না কেন আপনার ভালবাসার মানুষের পরিস্থিতি যদি ভাল হয়। তাহলে আপনার কষ্টগুলো কষ্ট মনে হয় না।

কারণ আমরা আমাদের জীবনটা কাউকে দিয়ে দি।

আরেকটু এগিয়ে দেখি তানিয়া তার বন্ধুবান্ধবের সাথে গল্প করছে। ওর কাছে যেতে একটু সরে দাঁড়ালো।

আমি ওরকাছে গিয়ে বললাম। তুমি অসাধারণ রেজাল্ট করেছো। যেমনটা তুমি চাইতে।

তানিয়া বললো হ্যা।

আমার পরিবারের সবাই খুব খুশি। এই প্রথম তারা আমাকে নিয়ে খুব বেশি মাতামাতি করছে।

এই প্রথম আমি তানিয়ার সাথে আছি কিন্তু আগের মতো আর উৎসাহ নেই।

মনে হচ্ছে যেন আমরা জাস্ট শুধু দায়িত্ব পালন করছি। কথা চলতে চলতেই হঠাৎ আমি তানিয়াকে জিজ্ঞাসা করলাম চলো আজ ঘুরে আসি।

তানিয়া বললো না আজ যেতে পারব না গো। আমি বললাম আচ্ছা ঠিক আছে।

আগে যদি কখনোও না বলতো তাহলে আমি জোর করে নিয়ে যেতাম। আজ আর সেই জোর করতে পারলাম না।

যখন আপনার ভালবাসার মানুষগুলো আস্তে আস্তে আপনার কাছ থেকে দূরে সরে থাকবে। দেখবেন তার প্রতি যে আপনার অধিকার ছিল সেগুলো আস্তে আস্তে কমে আসবে।

চুপচাপ কিছু না বলে বাড়ি চলে এলাম। রাত্রে এসে তানিয়াকে মেসেজ করলাম আমাকে কল করিও।

অনলাইনে আছে কিন্তু মেসেজের রিপ্লাই দিলো না। এক বার কল করলাম। কলটা ধরল না। দ্বিতীয়বার কল করছি কলটা কেটে দিলো।

বুঝতে পারলাম হয় ব্যস্ত আছেন না তো আমার ফোন ধরবে না।

পরের দিন সকালে যথারীতি কোচিং এ গেলাম। ও আসামাত্র ওকে বললাম। আজ কোচিং করতে হবে না তোমার সাথে অনেক কথা আছে।

ও বলল-না না কোচিং করতে হবে। তা আমি খুব জোর দিতে লাগলাম।এবং অবশেষে আমরা যেখানে প্রতিদিন দেখা করতাম বা গল্প করতাম সে জায়গাটায় নিয়ে এলাম।

তানিয়া আমাকে বলল যা বলার তাড়াতাড়ি বল।

তানিয়া তুমি এরকম ছিলে না তো। তোমার সাথে সকালে আগে কথা হলে সারাটা দিন ভালো থাকতো। অমিও তুমি প্রত্যেকটা দিন নতুন নতুন স্বপ্ন দেখতাম। আমরা একে অপরের ছোট থেকে ছোট কুত্তা শেয়ার করতাম। আমরা একসাথে ঘুরতে যেতাম। একসাথে সিনেমা দেখতে যেতাম। একসাথে পড়া করতাম। আমার কখনও মনে হয়নি আমরা দুজন আলাদা। কিন্তু আজ তুমি আমার সাথে যা করছ তাতে মনে হচ্ছে আমি তোমার শত্রু ছিলাম।

আমি তোমাকে মেসেজ করলে তুমি মেসেজে রিপ্লাই দাওনা। যদি কোন মেসেজের রিপ্লাই দাও তাহলে শুধুমাত্র হ্যাঁ বানাতে শেষ করে দাও।

আগে কথা বলতে বলতে কখন ঘুম এলে তুমি আমাকে ঘুমতে দিতে না। আর আজ তোমাকে অনেকগুলো মেসেজ করলেও তুই মেসেজের রিপ্লাই দাও না।

তোমাকে যখনি ম্যাসেজ করি তখনি তুমি ব্যস্ত থাকো।

মানছি সময়ের সাথে সাথে আমরা ব্যস্ত হয়ে পড়ি। তারমানে এতটাও ব্যস্ত নয় যে নিজের সবচেয়ে কাছের মানুষকে সময় দিতে পারবো না। আর এটা যদি নিজের জীবনটাকে তৈরি করার জন্য হয় তাহলে সেই জীবনের কোনো মূল্যই নাই যে জীবনে নিজের ভালোবাসা জায়গা নাই।

তুমি তো আগে এরকম ছিলে না।আমি সত্যি কখনো কল্পনা করতে পারিনি তোমার এই রকম আরেকটা রুপ হতে পারে।

আগে তুমি আমার সাথে দিনে দুবার কথা বলতে সময় পেলেই কথা বলতে। আজ আমি সারাটা দিন অপেক্ষা করে শুধুমাত্র রাতে তোমার সাথে কথা বলার জন্য। কিন্তু যখন রাত্রে মেসেজ করি তখন তুমি আমাকে এমন

এমন কথা বলো যেগুলোতে আমি প্রচুর আঘাত পায়।

সব সময় মনে হয় মরতে ইচ্ছা করে।

আমি তো এরকম তানিয়াকে ভালোবাসি নি।

যদি আমার কোন ভুল থাকে বা আমি কোন ভুল করে থাকি তাহলে আমাকে বলো। আমি সত্যি বলছি তা সংশোধন করে নেব।

বা আমার কোনো অভ্যাস তোমাকে খারাপ লাগে সেটা বল আমি সেটা কি পরিবর্তন করে ফেলবো। কিন্তু আমাকে এইভাবে অবহেলা করোনা।

দিনে শুধু একবার আমার সাথে হাসিমুখে কথা বলিও। তাহলে আমার জন্য যথেষ্ট। আমি তোমার কাছকা ভিক্ষা চাইছি।

প্লিজ না তো আমি শেষ হয়ে যাবো। আরে কিছু ভালো লাগেনা। শুধু আমার এটা মনে হচ্ছে তুমি আমার সাথে এরকম কেন করছ তুমি তো এরকম ছিলে না।

তানিয়া আমাকে বলল।

তুমি যা ভাবছো সে রকম কিছু না। আসলে আমি আমার পড়াশোনা ও জীবনটাকে নিয়ে একটু বেশি চিন্তিত।

আমাকে সবাই ভাবে আমি পড়াশোনায় ভালো না। তাই জীবনে কিছু করতে পারবোনা। তাই পড়তে চাই জীবনে কিছু করতে চাই।

তাই আমি তোমার কাছ থেকে কিছু সময় চেয়েছিলাম।

কিন্তু তুমি এভাবে বুঝবে আমি সেটা ভাবি নি।

ঠিক আছে সত্যি কিছু মনে করো না।

আমি আন্তরিকভাবে দুঃখিত।

প্লিজ আমার উপর রাগ করোনা। আমি তোমার সাথে ভালো করে কথা বলব। কিন্তু আমাকে একটু বোঝো।

তানিয়ার কথাটা শুনে মনে হল যে আমার মধ্যে যে বোঝাটা ছিল সেটা হাল্কা হলো।

এবার মনে হচ্ছে আমার সামনে যে দাঁড়িয়ে আছে সেটা হচ্ছে আমার তানিয়া।

আচ্ছা আমাকে যেতে হবে।

মাথাটা হালকা নাড়িয়ে বললাম হ্যাঁ যাও।

আজ আমি অনেক খুশি। মনে হচ্ছে সবকিছু আবার রঙিন হয়ে গেল। এই কটা দিনে ওর প্রতি যত রাগ ছিল সব যেন কমে গেল। আসলে যখন ঝগড়া হয় এবং তারপর সেই ঝগড়াটা যখন সমাধান করা হয়।

তখন সম্পর্ক গুলো আরো ভাল হয়।

যথারীতি বাড়ি পৌঁছে তানিয়াকে মেসেজ করলাম দেখলাম সঙ্গে সঙ্গে হাইপাঠালো।

আমরা আবার আগের মত কথা বলতে লাগলাম। খুব বেশি গল্প করতে লাগলাম। আবার আমাদের মধ্যে সবকিছু ঠিক হয়ে গেল।

বেশকিছুদিন হতে হতে আমাদের উচ্চমাধ্যমিকের পরীক্ষা এগিয়ে আসতে লাগল। আর মাত্র কয়েক মাস আছে। আর আমি জীবনে প্রথম কিছু পড়িনি।

পড়তে ভালই লাগে নি।

আর যদিও কখনো পড়তে বসতাম তাহলে তানিয়া বৌদ্ধ পড়তে হবে না জীবনটাকে উপভোগ করো।

যা হবে দেখা যাবে।

এরকম যখন ভালোবাসার মানুষ পাবেন তখন আপনার এমনি পড়তে ইচ্ছা করবে না।

আরে আসলে আমরা জীবনে বেশি কিছু চাইনা। শুধু একটা ভালো বন্ধু আরেকটা ভালোবাসার মানুষ। এই জিনিস দুটো থাকলেই আমরা জীবনে সাকসেস

সত্যি আমরা কত কম চাই। কিন্তু এই কম চাওয়াটাই অনেক সময় আমাদের বড় সমস্যার কারণ হয়।

সবকিছু ঠিকঠাক চলছে।

# 13

# নতুন পাতার উৎপত্তি

পিকনিকে সেই দিনটি

দেখবেন জীবনে উৎসবগুলোর মতই ছাত্রজীবনে সবচেয়ে বড় উৎসবগুলির একটি হল পিকনিক। এটি সাধারণত উচ্চ মাধ্যমিক পরীক্ষার আগে হয়। এটা এই কারনেই প্রত্যেকটা মানুষের কাছে খুব বেশি স্পেশাল হয়। কারণ এরপর থেকে আপনার যে বন্ধুগুলো আপনার সাথে আছে তাদের মধ্যে বেশকিছু পড়াশোনা ছেড়ে দিয়ে নিজের মতো করে জীবনটা শুরু করবে। আর কিছু জীবনে বড় কিছু করার লক্ষ্যে পড়াশোনা চালিয়ে যাবে। কিন্তু এটা নিশ্চিত যে আপনার এই বন্ধু গুলোর মধ্যে খুব জোর 1 থেকে দুইটা মানুষের সাথেই হয়তো সামনে পরিচয় থাকবে। আজ কোচিং এ স্যার আমাদের ঘোষণা করল সামনের সপ্তাহে রবিবারের দিন পিকনিক করবে। তাই প্রত্যেকটা ছেলেকে বলল পিকনিকের জন্য যে টাকাটা বরাদ্দ করা হয়েছে সেটা যেন সবাই তিন থেকে চার দিনের মধ্যে জমা দিয়ে দেন। তানিয়ার শারীরিক অবস্থা ভালো না থাকার কারণে ও আমাকে ফোন করে বলল যে আমি যেন স্যারকে বলি যে তানিয়া পিকনিকে যাবে কিন্তু শরীরে অসুস্থতার কারণে কাল পরশুর মধ্যে আসতে পারবেনা। তাই শিক্ষক মহাশয় যেন তার নামটা লিখে রাখে। আমি অবাক হয়ে বললাম আরে আমি আছি তো আমি দিয়ে দেবো। তানিয়া বলোনা না তোমাকে দিতে হবে না। কারণ যদি আমাদের কখনো ব্রেকআপ হয়ে যায়। তোমার মাথা খারাপ তোমার মনে হয় আমাদের সম্পর্কে কখনো ব্রেকআপ হতে পারে। আরে আমরা ঈশ্বরের তৈরি করা সেরা জুড়ি গুলোর মধ্যে একজন। আরেকটা এত সহজে ভাঙার নয়।

তানিয়া বললো না না।

তানিয়ার কথা না শুনে ওর ফোনটা কেটে দিয়ে আমি শিক্ষক মহাশয় কে ওর আর আমার টাকাটা দিয়ে নামটা লিখে ফেললাম।

দুদিন পর যখন তানিয়া কোচিং এ এল এসে এসে প্রথমে সে আমার হাতে টাকাটা ধরাতে চাইলো। আমি বললাম আরে তোমার সবকিছু তো আমার আর আমার প্রত্যেকটা জিনিস তোমার।

তারপরই হঠাৎ তানিয়া বললো তোমার কোন জিনিস আমার না।

আমি চমকে গিয়ে জিজ্ঞাসা করলাম এসব বলছ কেন?

চুপচাপ টাকাটা ধরো। এটা বলে আমার হাতে টাকাটা গুঁজে দিয়ে চলে গেল।

এটা ঠিক তানিয়াআমার অনেক সময় ফোন ধরেনা। কিন্তু কখনও এ ধরনের আচরণ করেনি। আমাকে খুব খারাপ লাগলো। তাই কোচিং শেষে ওকে আমি বললাম থাম।

কিন্তু আমার কথাটা অবহেলা করে সামনের দিকে এগিয়ে গেল। আমি রাগে চিৎকার করে বললাম আরে থাম না।

তানিয়া থেমে গেল।

ওর কাছে যেতেই আমাকে বলল তুমি যখন বলবে তখন থামতে হবে নাকি। আরে তুমি যেটা বলবে সেটাই আমাকে করতে হবে।

আমি আরো বেশি অবাক হলাম ।

চারিদিকে তাকে দেখেই সবাই আমাদের দিকে তাকাচ্ছে। আমাকে বেশ লজ্জা লাগলো আমি কিছু বললাম না।

চুপচাপ চলে এলাম। বাড়ি পৌঁছে অনেক বার কল দিলাম কিন্তু কল ধরল না। আমার কাছে পরের দিন অপেক্ষা করা ছাড়া আর কোন উপায় থাকলো না। তাই পরের দিন যথারীতি ও আসতেই আমি ওকে জিজ্ঞাসা করলাম। তুমি আমার সাথে এরকম আচরণ করছো কেন।

আমি কি তোমার সাথে কোন খারাপ আচরণ করেছি।

সে কোন উত্তর না দিয়ে চুপচাপ থাকলো।

আমি বারবার ওকে বললাম কিছু তো বলো।

কোন উত্তর দিল না।

এটা সবচাইতে খারাপ আপনি সামনের জনকে প্রশ্ন করছেন আর সে উত্তর না দিলে কতটা কষ্ট লাগে এতে যার হয় সেই জানে।

এত রাগ উঠার কারণে আমি আমার হাতটাকে টেবিলের উপর জোরে মারলাম। এত জোরে মারলাম যে আমার হাত দিয়ে কিছুটা রক্ত পড়তে লাগলো। তানি ওখান থেকে রাগ করে পালিয়ে এল।

আমি থামতে বললে সে থামল না।

রক্ত পরা অবস্থাতেই বাড়ি চলে এলাম। ওখানে আমার মা-বাবা থাকে না আমি ওখানে বাড়ী ভাড়া নিয়ে থাকি তাই আমার হাত ব্যান্ডেজ করে দেওয়ার মত কেউ ছিলনা। আর আমার এতটা অভিমান ছিল যে আমি হাতটা ব্যান্ডেজ করলাম না। পরের দিন পিকনিক আছে।

তাই সন্ধের সময় আমি যে বাড়িতে থাকি তার পাশে একটা মেডিকেল শপ আছে সেখান থেকে ব্যান্ডেজ করে নিলাম।

এই প্রথম পিকনিক যেতে খুব একটা আনন্দ লাগে না। আগে কোচিং গেলে ভালো লাগতো আর আজ পিকনিক যেতে ভালো লাগেনা। আসলে ভালোবাসার মানুষ যেখানে থাকে সেজায়গাটা ভালো বা খারাপ তাতে কিছু যায় আসে না।

স্যার আগেই বলেছিল আমরা যেন পাঁচটার সময় ওখানে পৌঁছে যায়। এখানে বলতে কোচিং সেন্টারে।

আর আমরা বের হব সাতটার সময়। আমি পাঁচটার সময় পৌছে দেখি তানিয়া ওখানে আছে। তানিয়ার কাছে গিয়ে বললাম আমার সত্যি কালকে এভাবে রাগ দেখানো উচিত ছিল না। কিন্তু তুমি আমার সাথে এমন আচরণ করেছো যে আমি এটা করতে বাধ্য হয়েছি।

প্লিজ আমাকে ক্ষমা করে দিও।

তোমার মনে হয় এরপরও আমি তোমাকে ক্ষমা করব। আরে তুমি তো আমাকে মারতে চেয়েছিলে। তুমি বলো তুমি আমাকে ভালোবাসো আর তুমি আমাকে মারতে চেয়েছিল।

তানিয়ার এই কথাটা শোনার পর আমার প্রচণ্ড রাগ উঠলো কিন্তু হয় না কিছু কিছু পরিস্থিতি যেখানেআপনি কিছু করতে পারবেন না।

তাই আমি শান্ত মাথায় তানিয়াকে বললাম তোমার মনে হয় আমি তোমাকে কখনো মারতে পারি।

সেটা তুমি আমার চেয়ে ভালো করে জানো যে আমি তোমাকে কখনো মারব না। আরে তোমার গায়ে একটু আঘাত লাগলে তো আমার নিজেকে কষ্ট লাগে।

সেটা তো কালকে দেখেছি তানিয়া বললো।

এটা সবচাইতে খারাপ অবস্থায় যখন আপনি জানবেন আপনি কিছু করেন নি কিন্তু সামনের জন্য আপনার কোন কথা শোনার চেষ্টা করবেনা।

আমি তানিয়াকে বললাম ঠিক আছে যা হয়েছে হয়েছে আমি সবকিছুই জন্য ক্ষমা চাইছি তোমার কাছে।

শুধু আমার সাথে এরকম ব্যবহার করো না।

তানি আমাকে বলল দেখো আমার সাথে তোমার যত সম্পর্ক থাকবে ততো তুমি কষ্ট পাবে। তার চেয়ে ভালো তুমি আমাকে ভুলে যাও।

তানিয়া আমি তোমার জন্য সবচেয়ে বেশি কষ্ট পেতে পারি। শুধু তুমি পাশে থাকলেই হল। তাতে আমার জীবনে যত কষ্টই আসুক না কেন সব পার করে ফেলব। বিশ্বাস করো।

দেখো আমি তোমাকে ভালোবাসি না। তানিয়া বললো।

আমি তানিয়া কথাটাকে অতোটা গুরুত্ব না দিয়ে বললাম, ঠিক আছে তাহলে কারণ বল।

আমি আনন্দকে ভালোবাসি।

ফালতু কথা।

ওর তো মাত্র কয়েকদিন আসা হলো। এসব কথা বলতে বলতেই স্যার বললেন সবাই গাড়ীতে চাপো।

সবাই যথারীতি গাড়িতে চেপে পরল। আমি গাড়িতে উঠে দেখি তানিয়া আনন্দের কাছে বসে আছে।

আমি ভেবেছিলাম ও হয়তো মজা করছে। এরকম কখনোই হতে পারেনা। কিন্তু গাড়িতে উঠে দেখলাম দুজনে পাশাপাশি বসে আছে।

আমি তানিয়ার পেছনের সিটে বসলাম। দেখি কতটা বাড়াবাড়ি করতে পারে।

গাড়ি চালু হওয়ার পর দেখি দুজনের এমনভাবে গল্প করছে যেন মনে হচ্ছে একে অপরকে কতদিন ধরে চিনে।

একে অপরের স্বপ্ন, একে অপরের জীবনের উদ্দেশ্য, একে অপরের পছন্দের জিনিসগুলো, একে অপরের সাথে ঘুরতে যাওয়ার প্রতিশ্রুতি।

যেসব কথাবার্তা গুলো সাধারণত বয়ফ্রেন্ডের সাথে বলে। সেই সব ধরনের কথাবার্তা বলতে শুরু করল।

এদের এই আচরণ দেখে আমার মনে হল গাড়ি থেকে আমি নেমে পড়ি। কিন্তু আবার ভাবলাম না যাব না।

গাড়িতে থাকা অবস্থায় চারি দিকে তাকিয়ে দেখলাম সবাই দেখি এ পিকনিক টাকে খুব বেশি উপভোগ করছে। প্রত্যেকটা মানুষআনন্দ আছে। গন্তব্যে পৌঁছানোর আনন্দ। কিন্তু আমার নেই। হয়তো ভালোবেসেছি তানিয়াকে তাই।

না হলে হয়তো আমার এ দিনটি খুব আনন্দ লাগত। দেখতে দেখতে আমরা পৌছে গেলাম আমাদের পিকনিক স্পটে। গাড়ি থেকে নেমে আমি ভাবলাম তানিয়া কে কিছু বলবো। দেখি তার আগেই তানিয়া আরআনন্দ একটা ফাঁকা জায়গায় প্রেমিক প্রেমিকার মত বসে আছে।

আমি বুঝতে পারছি আমাকে একদম ভালো লাগছে না। আমার কাছে প্রত্যেকটা মুহূর্ত খারাপ থেকে খারাপ হতে লেগেছে। বারবার মনে হচ্ছে কেন এলামে পিকনিকে। হয়তো বাড়িতে থাকলে এতটা খারাপ লাগত না।

যতটা এখানে এসে লাগছে। আমি তানিয়া দেরথেকে দূরে গিয়ে বসলাম।

সবাই মিলে যখন খাবার খেতে বসলাম তখন দেখি আবার তানিয়া আরআনন্দ এক জায়গায় খাবার খেতে বসেছে। এবং একে অপরকে খাইয়ে দিচ্ছে।

আমার নিজেকে খুব ঘেন্না লাগতে লাগলো।

আমি পিকনিকের জায়গা থেকে একটু দূরে গিয়ে মাটিতে পড়ে কান্না করতে লাগলাম। আর ঈশ্বরের দিকে তাকিয়ে বললাম আমি তো তোমার কাছে ভালো থাকতে চেয়েছিলাম।

আমি ছোট থেকেই প্রচুর কষ্ট পেয়েছিজীবন একটু সুখ চেয়েছিলাম সেটাই তুমি আমাকে দিলে না।

চোখ মুছে আবার উঠে দাঁড়ালাম আর চলে এলামপিকনিক স্পটে।

সবাই জিনিসপত্র গুছিয়ে নিয়ে বাড়ি আসার জন্য বাসে চেপে পড়লাম। এবার আমি পেছনে বসলাম। এমনভাবে বসলাম যেন তানিয়া ওআনন্দকে দেখতে পায়।

ওদেরকে যত দেখছি এটা তো মনে হচ্ছে ওরা কত সুখে আছি। যেনকোন মিউজিক ভিডিও চলছে ঠিক তেমনটা রোমান্টিক মনে হচ্ছে ওদের দুজনকে দেখে। আর আমাকে মনে হচ্ছে আমি কোন ভিলেনের অভিনয় করছি।

আমার চোখ ,পানিতে ছল ছল করতে লাগলো।

এইসব কীর্তিকলাপ দেখে।

সেদিন পুরো বাড়ি আসার পথ পর্যন্ত কান্না করেছিলাম।। কিন্তু কেন জানিনা ওরকিছু মনে হয় না। আমি সব সময় একা থাকতে বেশি পছন্দ

করি। কিন্তু কখনো নিজেকে একা মনে হয়নি। আজ কেন প্রথমবার মনে হচ্ছে আমি একা। সত্তিকারের একা।

তানিয়া গাড়ি থেকে নামতেই আমি ওকে বললাম থ্যাঙ্কস আমাকে এরকম একটা দিন দেওয়ার জন্য।

বাড়ি পৌঁছে গিয়ে দেখি আমাকে একটা অন্য নাম্বার থেকে কল আসে।

হ্যাঁ কে

আমি আনন্দ।

গাল দিতে খুব ইচ্ছা করলো কিন্তু গাল না দিয়ে জিজ্ঞেস করলাম কেন ফোন করেছ।

সে বলল ' তোমাকে কিছু বলার আছে। ' কি।

আসলে আজ আমরা যা করেছিলাম কিনা সবকিছু নাটক ছিল। তোমাকে রাগানোর জন্য। তানিয়াআমার কাছে প্রচুর রিকোয়েস্ট করে। যেন আমি ওর সাথে এ ধরনের গল্প করি।

এমন কে খাইয়ে দেওয়াটাও।

তাই প্লিজ ভাই কিছু মনে করিও না।

আর হ্যাঁ। আমি যে কথাগুলো তোমাকে বললাম সেটা তুমি তানিয়াকে বলোনা।

আমার মনে হলএটা তোমাকে বলা উচিত। তাই বললাম।

থ্যাঙ্কস ভাই বলার জন্য। আর হ্যাঁ আমি তোমাকে অনেক খারাপ ভেবেছিলাম। তুমি আসলে এতটাও খারাপ না। তাই আমার উপর রাগ করোনা। ঠিক আছে। আমি বললাম।

ঠিক আছে ভালো থাকো তাহলে।বলে আনন্দ ফোনটা কেটে দিলো। সকালে ঘুম থেকে উঠে তানিয়া আমাকে ব্লক করে দিয়েছে। হোয়াটসঅ্যাপে ব্লক করেছে। তা আমি কি কল করলাম। দশ থেকে বারো বার কল করার পর দেখি আমাকে ফোনে ব্লক করে দিয়েছে।

আমার একটা নাম্বার ছিল অন্য একটা নাম্বারে কল করলাম দেখি সেটাও ব্লক করে দিয়েছে। আমি বুঝে উঠতে পারলাম না আসলে সমস্যাটা কি হলো। আমি কি কোনো খারাপ কথা বলেছি তাহলে। তাছাড়া সবকিছু তো ঠিক ঠাকই চলছিলো। তাহলে কি এমন হলো।

আমি ওর বাড়ি পাশাপাশি প্রচুর ঘোরাঘুরি করলাম কিন্তু ওকে দেখতে পেলাম না।

বাড়ি এসে বিছানায় বুক ভরদিয়ে ঘুমিয়ে পড়লাম। আমি আসলে বর্ধমান এ বাড়ি ভাড়া নিয়ে থাকি তাই আমাকে কোনদিন এসব বারণ করার মতো কেউ নেই। মাঝেমধ্যে মা বাবা ফোন করে। ফোন করলে আমি বলি হ্যাঁ পড়াশোনা ঠিকঠাকই চলছে। তারা আমাকে বেশ ভরসায় করে। তাছাড়াও তাদের কাছে কোন কোন অপশনও নাই যে আমি এখানে পড়িনা পড়িনা সেটা জানার।

বিছানাথেকে আবার উঠে তানিয়ার যতগুলো বন্ধু কে চিনি সবার কাছে গিয়ে গিয়ে জিজ্ঞাসা করলাম। কেউ কিছু বলতে পারলো না। তানিয়া ওর বন্ধুদেরও ফোন উঠাচ্ছে না। আমি কিছুই বুঝতে পারলাম না।

আমি কিন্তু হাল ছাড়িনি আমি প্রতিদিন জারি ফোন পায় ওকে কল করি। কিন্তু আননন নাম্বার দেখে ফোনটা কেটে দেয় না তো ব্লক করে দেয়। এভাবে চলতে চলতে।

হঠাৎ সন্ধে পাঁচটায় একটা কল আসে যেটা আমার জীবনের প্রথম কল। যে কলটা আমার জীবন টাকে প্রায় ধ্বংস করে দিয়েছে। তানিয়ার একটা বন্ধুর নাম আসিফ।

আমি ফোনটা রিসিভ করতেই সে আমাকে বলল তাড়াতাড়ি রেডি হয়ে কেএসপি পার্কে চলে আয়। আমি ওকে অনেক প্রশ্ন করলাম কিন্তু কোন প্রশ্ন উত্তর না দিয়ে একটা কথাই বলল যে তুই এতদিন ধরে যে প্রশ্নগুলোর উত্তর খুঁজছি রে সেগুলো পেয়ে যাবি।

আমি চুপচাপ তাড়াতাড়ি চলে এলাম কে এস পিমেন গেটের কাছে। এসে দেখি আসিফ দাঁড়িয়ে আছে আসলে আসিফ এর বাড়ি ওখানে। সে আমাকে বলল চুপচাপ বাঁদিকের একটা বটগাছ আছে ওখানে দেখতে পেয়ে যাবি। আমি ওখানে গেলাম গিয়ে যা দেখলাম তা দেখে আমার মাথায় হাত।

দেখি তানিয়া বসে আছে বট গাছে হেলান দিয়ে আর তার কোলে মাথা রেখে আছে আনন্দ নামে একটা ছেলে। আমি দূর থেকে দেখছি দেখি দাঁড়া একে অপরের চুল নাড়া নারী করছে। নারানারি করতে করতে এক মুহূর্তে একে অপরের চোখের দিকে তাকাচ্ছে। তাকাতে তাকাতে একে অপরের ঠোঁটে ঠোঁটে স্পর্শ করে একটা কিস করল। কিস করতে করতে একে অপরের বুকে জড়িয়ে গল্প করছে। তানিয়া হঠাৎ আমাকে দূর থেকে দেখে ফেলে। দেখতে দেখতে সঙ্গে সঙ্গে উঠে পড়ে। আমার কাছে আসতে চাই দেখে আমি সঙ্গে সঙ্গে ওখান থেকে পালিয়ে গেলাম।

এই প্রথম আমার তানিয়ার প্রতি কোন রাগ উঠেনা রাগ উঠছে শুধু নিজের উপর। আমি এক বারের জন্য বুঝতেই পারিনি আমার সাথে অভিনয় করছে।

আসার পথে ওই জায়গাটা পরে যে জায়গাটা আমরা প্রত্যেকদিন গল্প করতাম সেই জায়গাটা এগিয়ে আমি মাটিতে পড়ে গেলাম। মাটিতে পড়ে থাকতে থাকতে চারিদিকে থাকা স্মৃতিগুলো যেন আমি দেখতে পাচ্ছি। আমাদের কাটানোর সময় ও দেখা স্বপ্নগুলো আজ আমাকে মিথ্যা মনে হচ্ছে।

আসার পথে মনে হল মদ কিনি নি কিন্তু আমিতো তা খেতে পারব না। কারন আমি এই ধরণের ছেলেই না যে নিজের হেরে যাওয়াতে নেশা জাতীয় কোন দ্রব্য খাব।

বাড়ি পৌঁছে চুপচাপ বিছানায় শুয়ে পড়লাম। ঘুমিয়ে থাকতে থাকতে তখন দেখি বালিশ ভিজে নষ্ট হয়ে গিয়েছে। কারো চোখের জল এত বেশি হয় এটা আগে জানতাম না। আজ বুঝতে পারলাম। ঘুম আমার আটটা নটার দিকে ভাঙলো। হাতে ফোনটা নিতেই দেখি তানিয়া অনেকবার কল করেছে। আমার কিছু মনে হলো না ফোনটা ঘুরিয়ে করতে ইচ্ছে করলো না।

ওরজন্য আমার ভালোবাসা নেই। সব ভালোবাসা আজ ঘৃণাই পরিনত হয়েছে। আজ আমাকে অনেক বেশি ঘৃণা করি।

আমি প্রত্যেকটা দিন নামাজ পড়তাম আর সব সময় ঈশ্বরকে বলতাম আমি যেন ভাল থাকি। কিন্তু আজ আমি ভালো নেই। আমি আকাশের দিকে তাকিয়ে ঈশ্বরকে বললাম আমি তোমার কাছে এইদিনটা তো চাইনি তাহলে তুমি আমাকে এরকম দিন দেখালে কেন।

আসলে ঈশ্বর সব সময় আমাদের সাথে খেলা করে। আমরা যখন খুব বেশি কষ্টে থাকি ঈশ্বর ললিপপের মত একজনকে পাঠিয়ে দেয় যখন আমরা আবার বাঁচতে শুরু করি। ঈশ্বর তখন আবার তা কেড়ে নেয়। ঈশ্বর শুধুমাত্র আমাদের সাথে মজা নেয়।

আসলে ঈশ্বরের আমরা আনন্দ দেওয়ার পাত্র।

আর পৃথিবীর প্রত্যেকটা মানুষকে ঘেন্না লাগে।

মানুষ জাতির প্রতি আমার বিশ্বাস উঠে গেল। তানিয়া কে আমি ব্লক করে দিলাম। আসলে আমাদের ভালোবাসার মানুষ আমাদের যতই কষ্ট দেখ না কেন। আমাদের খারাপ লাগেনা কিন্তু যখন আমাদের যায়গাটা অন্য কাউকে দিয়ে দেয় তখন সেই মানুষটার প্রতি আমাদের কোন আবদার অধিকার থাকে না।

সে রাত্রে আমি অনেক কান্না করেছিলাম। আমি আমার জীবনের সবচেয়ে বেশি কান্না করেছিলাম। আসলে আমরা কেমন নিজের জীবনটা অন্যের হাতে সমর্পণ করে দিই। যার ফলে সামনের জনের আচারণ আমাদের হাসা ও কাঁদার কারণ হয়ে ওঠে।

আজ আমার একটাই মনে হচ্ছে কেন আমাকে তানিয়া ছেড়ে দিল।

দেখবেন আপনার ভালোবাসার মানুষ যখন আপনাকে ছেড়ে দিবে তখন আপনার নিজেকে নিয়ে অনেক প্রশ্ন শুরু হবে। আপনার মনে হবে আপনি একজন ব্যর্থ মানুষ। আপনার কোনো জিনিসই ভালো নয়। আপনার কোন জিনিস করার উদ্দেশ্য নষ্ট হয়ে যাবে। আপনার চাহিদার থেকে নিজেকে ব্যর্থ মনে হতে শুরু হবে

এক সপ্তাহ থেকে ঠিকভাবে খাওয়া-দাওয়া ঘুমানো কিছুই হয়নি। বেঁচে থাকারন্যূনতম ইচ্ছা আমার মধ্যে আর নেই।

কিন্তু আমার আমার মধ্যে একটা প্রশ্ন তানিয়ার কাছ থেকে জানতে খুব ইচ্ছে করল।

তাই আজ কোচিংয়ে যাবো যথা সময়ে কোচিংয়ে পৌছালাম। আমাকে সবাই জিজ্ঞাসা করলে এতদিন কোথায় ছিলাম কাউকে সেরকম কোন উত্তর দিলাম না। তানিয়া আমাকে দেখা মাত্রই। এমনভাবে তাকাল যেন অনেক কিছু আমাকে বলতে চাই। কিন্তু আজ আমার কোনো কথা শোনার ইচ্ছা নেই।

# 14

# সব শেষ

কোচিং শেষ হতে বেরিয়ে আস্তে তানিয়াআমার হাতটা ধরে সে জায়গাটা নিয়ে গেল। যেখানে আমরা প্রত্যেকদিন গল্প করতাম।

তানিয়া বলতে শুরু করল।

ক্লাস টুয়েলভ শুরু হতেই যখন আনন্দ কোচিং এ ভর্তি হয়। তখন আমি কখনও লক্ষ্য করিনি। কিন্তু যখনআমি ওকে প্রথম লক্ষ্য করলাম। তখন আমি বুঝতে পারলাম যাকে আমি এত ধরে খুজছিলাম সেটা হচ্ছে আনন্দ। দেখতে সুন্দর টাকা পয়সা আছে। একদম পার্ফেক্ট।

প্রত্যেকদিন আমার সাথে কথা বলার জন্য নতুন নতুন আইডিয়া বার করে। তোমার সাথে আমি যখন প্রথমে থাকতাম তখন আমার মনে হতো তুমি খুব অসাধারণ কিন্তু আনন্দকে দেখার পর। সবকিছু ভালো লাগতে লাগলো। অনেকদিন অনেকদিন পর মনে হল যেটা তোমার সাথে মিসিং ছিল সেটা ওকে দেখার পর পূর্ণ হয়ে গেল। আজ আমি সত্যি কথা বলতে ওকে অনেক বেশি ভালোবাসি। আমার সাথে দেখা হলে আমাকে কিস করতে চাই আমাকে জড়িয়ে ধরতে চায়। সত্যি বলতে আমি ওকে বারণ করি না কারন আমার এগুলো ভালো লাগে। আরে পবিত্র ভালোবাসা বলে কিছু হয়না আমরা ভালবাসতে পারলেই হলো। সব ভালবাসাই পবিত্র।

আর একে অপরের শরীর স্পর্শ হলে কি যায় আসে। ভালবাসলে একে অপরকে স্পর্শ করতে ইচ্ছে করবে।

আমি জানি তোমার অনেক বড় স্বপ্ন আছে। তুমি একজন মোটিভেশনাল স্পিকার হতে চাও। আমিও তো অনেক কিছু চাই আসলে প্রত্যেকে তো অনেক কিছু চাই।

আমরা কি চাই তাতে কিছু যায় আসে না। আমাদের কাছে কি আছে সেটা ইম্পর্টেন্ট। তুমি আর আগের মতো পড়াশোনা করো না। তুমি কিভাবে পড়াশোনা করছে এভাবে যদি করতে থাকো তাহলে তোমার রেজাল্ট খারাপ হবে। তুমি ভালো কলেজ পাবেনা। তখন আমি আমার বাবা মাকে কি বলব। আমার বাবা-মা কেন মেনে নেবে তোমাকে আমার জীবনসঙ্গী হিসাবে। কিন্তু আমি আনন্দের মধ্যে ওসব কিছু দেখতে পাই। ওর বাবার ব্যবসা আছে ও একমাত্র ছেলে পড়াশোনা শেষ হলে ওর বাবার ব্যবসায় বসবে। আমি ওর সাথে থাকলে এখনো জীবনটাকে উপভোগ করতে পারব এমনকি বিয়ের পরও।

কিন্তু তোমার সাথে থাকলে আমি তা পারবো না। সত্যি বলতে কথাগুলো বলতে আমার খারাপ লাগছে। কিন্তু আমার কিছু করার নেই আমি তোমার জন্য আমার জীবনটাকে নষ্ট করতে পারিনা। আমাকে ক্ষমা করে দিও।

আমাকে আর কখনো মেসেজ করবে না।

তানিয়ার এই কথাগুলো শোনার পর আমি পুরো স্তব্ধ। আর যখন আমি তানিয়ার কাছে দেখা করব ভেবেছিলাম তখন আমি তানিয়াকে অনেক কিছু বলবো। কিন্তু তানিয়ার এসব কথা শোনার পর আমার আর কিছু বলার নেই।

এটা অনেকটা এরকম দেখবেন আমাদের ছোটখাট ভুলে আমাদের বাবা-মা প্রচুর বকাবকি করে। আমাদের অনেক বেশি বিরক্ত লাগে কিন্তু যেদিন আমরা আমাদের বাবা মাকে বলে ফেলে আমি আর তোমাদের সাথে থাকব না। তারপর থেকে দেখবেন আপনি যাই করুন না কেন আপনার বাবা-মা আপনাকে আর কিছু বলবেনা। আপনাকে আপনার বাবা-মা এই কারণে বলবে না তা নয় যে আপনাকে তাড়া ঘিন্না করে। আসলে আপনার প্রতি তার অধিকার নেই। আপনাকে এখন অনেক বেশি ভালোবাসে কিন্তু তার যে অধিকারটা ছিল আপনার ওপর সেটা জানি তা আপনাকে আর বারন করবে না।

ঠিক আপনার অভিমান অধিকার রাগ এসব কিছু আপনার ভালোবাসার মানুষ কে আপনি ততদিন করতে পারবেন যতদিন আপনি জানবেন আপনাদের সম্পর্কটা এখনো বেঁচে আছে। কিন্তু যখন বিপরীত দিক থেকে

বলে দিবে আপনার কোন প্রয়োজন নেই তখন আপনার কিছু বলতে পারবেন না।

বিশ্বাস করো আমি যখন এখানে এসেছেন তোমাকে অনেক গালিগালাজ দেবো ভেবেছিলাম কিন্তু কিছু বলবো না শুধু একটা বলার আছে।

থ্যাংকস আমাকে নতুনভাবে এটা বুঝানোর জন্য নিজের চেয়ে কাউকে ভালবাসতে নেই।

থ্যাংকস আমাকে কেউ আগে ফোন করলে আমি ধরতাম না আমাকে আমার বন্ধুর কাছে ফিরিয়ে দেওয়ার জন্য ধন্যবাদ কারণ আমি বুঝে গেছি তারা আমাকে কতটা ভালোবাসে।

থ্যাংকস আমাকে আমার বাবার কাছে ফিরিয়ে দেওয়ার জন্য বিশ্বাস করো তোমার সাথে দেখা হওয়ার আগে পর্যন্ত বাবা-মার ভালোবাসা আমি কখনো বুঝতেই পারিনি।

থ্যাংকস টাকার মূল্য নতুন ভাবে বুঝিয়ে দেওয়ার জন্য।

সবকিছুর জন্য অসংখ্য ধন্যবাদ।

ভালো থেকো, খুব ভালো থেকো।

শালা তোমরা যদি জানতে না যে কাউকে বিনা কারণে ছেড়ে দিলে কতটা কষ্ট পায় তাহলে হয়তো তোমরা কখনো কাউকে ছেড়ে দিতে না।

সত্যি বলছি ছেলেরা তোমাদের দিক থেকে অনেক ভালো,

বিশ্বাস করো তারা ভালবাসলে তারা মেয়েদের চেহারা কত টাকা আছে, পরিবার ভালো না খারাপ কিছু যায় আসে না তাদের।

তারা ওই মেয়েটার জন্য সবকিছু করতে পারে যেটা তারা তাদের মা-বাবার জন্য করতে পারে না।

কিন্তু তারা তোমাদের জন্য করে সেটা।

বিশ্বাস করো আমি ছোট থেকে অনেক বই পড়েছি আমি ভাবতাম ভালোবাসা সম্পর্কে আমি প্রচুর জানি।

বিশ্বাস করো তোমার সাথে থাকা দুটি বছর আমাকে একটা জীবনের বড় অধ্যায় শিখিয়ে দিয়ে চলে গেল।

আমি তোমাকে ছেড়ে প্রত্যেকটা দিন অনেক কান্নাকাটি করবো।

প্রচুর খারাপ লাগবে।

কিন্তু বিশ্বাস করো যেদিন আমি তোমাকে ভালোবেসেছিলাম সেদিন যদি জানতাম এই দিনটা আসবে তাহলে কখনো ভালোবাসতাম না।

অপেক্ষা করব ততক্ষণ পর্যন্ত তোমার জন্য অপেক্ষা করবো যতক্ষণ পর্যন্ত তুমি কারো সাথে বিয়ে না করে ফেলো। সেটা যতদিনই হোক না কেন। আমার বিশ্বাস তুমি একদিন অবশ্যই ফিরে আসবে। কারণ ভালোবাসার মানুষ এত তাড়াতাড়ি সবকিছু ভুলে যায় না।

আর মাত্র কয়েকটা সপ্তাহ আছে উচ্চ মাধ্যমিক পরীক্ষা। কাটছে সময়গুলো কাটছে কিন্তু কেন বেঁচে আছি সেটা বুঝতে পারছি না।

আমার একটা বন্ধু তৈরি হয়েছিল সে আমাকে বলল আরে নতুন কাউকে পেয়ে যাবি।

জানেন তো এটা সবচেয়ে বড় সমস্যা যে আপনার যখন ব্রেকআপ হবে। তখন আপনার বন্ধুরা আপনাকে খুব বোঝানোর চেষ্টা করবে। বলবে নতুন কাউকে পেয়ে যাবে কিন্তু আপনি তখন চাইবেন চিৎকার করে এটা বলতে।

আমিতো নতুন কাউকে ভালো কাউকে চাই না আমি তো শুধু তাকে যায় যাকে আমি ভালোবাসি।

যদি আমি প্রত্যেকদিন নতুন কাউকে চাইতাম তাহলে আমাকে কখনো কষ্ট লাগতো না।

দেখতে দেখতে উচ্চ মাধ্যমিক পরীক্ষা দেওয়া হয়ে গেল। এখন আমাদের কাছে শুধু ফাঁকা সময়। যখন আমি তানিয়ার সাথে সম্পর্ক ছিলাম তখন আমরা প্ল্যান করেছিলাম যে আমাদের উচ্চ মাধ্যমিক পরীক্ষা হবে তখন আমরা বিভিন্ন নতুন নতুন জায়গায় ঘুরতে যাব একসাথে।

নতুন নতুন মেমোরি তৈরি করব।

একে অপরের বেস্ট দিয়ে একে অপরকে ভালোবাসবো। কিন্তু তা হলোনা। এভাবে তিন টে মাস নষ্ট হবে এটা আমি জানতাম না।

ভালোবাসার মানুষ শুধুমাত্র আপনাকে ছেড়ে যায় না একই সাথে ছেড়ে যায় আপনার তার সাথে দেখা স্বপ্ন গুলোকে। এমনকি আপনার সাথে কাটানো সময় গুলো কেউ ভুল প্রমান করে দিয়ে চলে যায়।

আপনি তার জন্য যা যা করেছেন সেগুলো কে খারাপ কিছু একটা নাম দিয়ে চলে যায়।

কিন্তু আপনি তাদেরকে কখনো বুঝিয়ে বলতে পারবেন না যে আপনার তারজন্যকরা প্রত্যেকটা জিনিস। আপনি কারও জন্য প্রথম করেছেন।

মাঝেমধ্যে ইনস্টাগ্রাম ফেসবুক খুললে দেখতে পায় তানিয়া এবং আনন্দের আনন্দময় মুহূর্তের ছবি গুলো। একে অপরকে কতটা ভালোবাসে। পোস্টের কমেন্টগুলো কে দেখতে পাই যে মানুষগুলো একদিন আমাকে বলতো

তোদের জরিএকদম পারফেক্ট আজ সেই মানুষগুলো একই কথা তাদের জন্য লিখছে।

মাঝেমধ্যে বন্ধুদের কাছে শুনি যে তানিয়ার বাবাও নাকি জানে।

আজ জীবনের পড়াশোনার বারোটা বছর এর সমাপ্তি, আজ উচ্চ মাধ্যমিকের রেজাল্ট। আজ সিদ্ধান্ত হবে আমার সামনের জীবনটা কেমন হবে। আমি ভালো থাকবো না থাকবো না। সাথে সাথেই আপনার পরিবারের হয় মুখ উজ্জ্বল হবে না তো কষ্ট হবে।

ঠিক দশটাএখন আমার রেজিস্ট্রেশন ও রোল নাম্বারটা নিয়ে আমার রেজাল্ট চেক করতে শুরু করলাম। একটা ভয় ভয় কাজ করছে। জানিনা ভালো হবে না খারাপ হবে।

এবার ওপেন হল রেজিস্ট্রেশন নাম্বার টাইপ করার জায়গা। ফিল করে দিলাম ।ফিলকরে দিতেই দেখি আমার রেজাল্ট দেখাচ্ছেনা। আমি একটু অবাক হয়ে আমার সিনিয়ার বেশকিছু দাদাকে দেখালাম। তারা প্রত্যেকে বলল তুইতো ফেল করেছিস। এটা বিশ্বাস করতে আমার বেশ খারাপই লাগলো তাই আমি বেশ কয়েকজনকে জিজ্ঞাসা করলাম তারা প্রত্যেকে একই কথা বলল। কারণ আমি জীবনে প্রত্যেকটা জায়গাতে 80 থেকে 90 পার্সেন্ট এর মধ্যে রেজাল্ট করেছিলাম। জীবনে প্রথমবার ফেল জানিনা এর অনুভূতিটা কেমন। একটু পরে দেখি বাবার ফোন আসে ফোনটা রিসিভ করে ভাবতে লাগলাম কি বলব। দেখে অপর পাশ থেকে বলল ঠিক আছে চাপ নিস না পড়ে পরীক্ষা দিবি। আরে আমার বাবা-মা 100 থেকে 1 পার্সেন্ট কম পেলে বকাবকি করে। সেই মানুষটা ফেল করাতে আজ কিছু বলল না। তারপর ইন্সট্রাগ্রাম ওপেন করে দেখি তানিয়া82 শতাংশ।

এই প্রথম তানিয়ার নিয়ে রেজাল্ট দেখে আমাকে ঘেন্না লাগলো নিজের প্রতি।

আমি এবার কি করবো। আমার সব স্বপ্ন গুলো মিথ্যা। আমি ছোট থেকে মিশনে পড়াশোনা করেছি কি করে লোককে মুখ দেখাবো। লোকের আমার দিকে তাকিয়ে হাসবে তারা ভাববে বাইরে পড়াশোনা করতে না পাঠিয়ে তো লাভ।

সামান্য পরীক্ষায় পাশ করতে পারেনি।

দেখি অনেক ছেলে ফোন করেছে প্রত্যেকে ফোন করে জিজ্ঞাসা করছে ফেল করেছিস।

ভাই এখনকার যুগে কেউ ফেল করে।

আরে তোকে তো মিষ্টি নিয়ে দেখতে যাওয়া উচিত। ফোনটা কেটে দিলাম। অনেকজন ফোন করতে লাগল।

তার মধ্যে থেকে তানিয়ার ফোনটা ধরলাম। দেখি ফোন ধরতে তানিয়া অনেক কিছু বললো।

কিন্তু আমি শুধু একটা কথা বলে ফোনটা কেটে দিলাম।

**আমার জীবনটা শেষ করে দিলে।**

**ব্যাগ পত্র গুছিয়ে আমি আমার বাড়ি চলে এলাম।** বাড়ি এসে দেখি সবাই আমার সাথে নরমাল ব্যবহার করছে। তারপরে দেখি। মা ছাড়া কেউ আমার সাথে কথা বলে না কিন্তু।

হঠাৎ আমার মা আমাকে বলল তোকে একটা তোর আব্বা মোবাইলের দোকান খুলে দিতে চাইছে।

আমাকে খুব খারাপ লাগলো। কারণ আমি সবসময় পড়াশোনা করতাম। আমার পরিবারের প্রত্যেকটা মানুষ পড়াশোনা করে। তাই আমি কখনো চিন্তা ভাবনা করি নি।

যে আমাকে ও একদিহ এই সব করতে হবে। বেশ অবাক হয়ে গেলাম।

আমি সবসময় ডাক্তার ইঞ্জিনিয়ার বা কোনো বড় অফিসার নিজেকে কল্পনা করেছি।

তাই এটা আমার পক্ষে মেনে নেওয়া খুবই কঠিন। আমার গ্রামের সবাই জানে আমি ছোট থেকে বাইরে পড়াশোনা করি তা আমি ডাক্তার না হলে ইঞ্জিনিয়ার হয়ে বাড়ি ফিরব। কিন্তু তারা যখন আমাকে দেখবে আমি দোকান দিচ্ছি।

সেই মানুষগুলোকে যে পরিমাণ আমাকে সম্মান দিতে তার করবে না।

কিছু না বলে মাকে বললাম আচ্ছা ঠিক আছে দেখছি।

দু-তিনদিন আমি মা-বাবাকে ইগনোর করলাম। যেন তারা কথাটা দ্বিতীয় বার না বলতে পারে।

হঠাৎ খাবারের টেবিলে বাবা প্রথম আমাকে বলল কবে থেকে কাজ শুরু করছো।

আমি বললাম আমি ভাবছি করবো না। কারণ এখানে এটা করা সম্ভব না আমার পক্ষে। বলতে বলতেই আমার বাবা রেগে গেল।

চিৎকার করে বলতে লাগল। কিসের এত অপমান তোর মধ্যে যদি অপমান বোধ থাকতো তাহলে তুই নিশ্চয়ই ফেল করতি না।

কাজ করলে কর নাতো বাড়ি থেকে বেরিয়ে যা।

আমি বাবা-মাদের প্রচুর সম্মান করি কিন্তু আমার এই জিনিসটা খুব খারাপ লাগে যখন তারা দেখে তাদের ছেলে জীবনে কিছু করতে পারে না তখন তারা এমন ভাব করে যে তারা তাদের ছেলেই না। আরে বাচ্চা ছেলে যে কেউ পছন্দ করবে কিন্তু ব্যর্থ ছেলেকে যে বাবা গুলো পছন্দ করে তার সত্যিকার অর্থে প্রকৃত বাবা।

বিশেষ করে সেসব ক্ষেত্রে যখন জানবে আপনার ছেলে খারাপ না তখন নিশ্চয় এরকম করার কোন প্রয়োজন নেই। কারণ সে তার সর্বোচ্চ চেষ্টা করেছে ব্যর্থ হয়েছে এখানে সে কি করতে পারে।

তাই বাড়ির পরিস্থিতি দেখে আমি সিদ্ধান্ত নিলাম আমি বাড়িতে থাকব না।

তাই রাত হতেই আমি পোশাক-আশাক গুছিয়ে নিয়ে। পেছনের দরজা দিয়ে চলে এলাম বর্ধমান এ।

আমি জানি বাড়ি থেকে আমার ফোন আসবেনা। কারণ আমার বাবা-মা সম্মান খুব বেশি ভালোবাসে।

তাই তার জন্য এটা ভালই হল যে লোকে প্রশ্ন করলে বলতে হবে না যে উনারছেলে ফেল করেছে।

আরে নিজেই তো মেনে নিতে পারছি না এটা যে আমি ফেল করেছি।

বর্ধমানে এসে দেখি। প্রত্যেকটা ছেলে বিশেষ করে যারা আমার বন্ধু ছিল তারা ভালো ভালো কলেজে ভর্তি হয়ে গিয়েছে। প্রত্যেকের জীবন স্যাটেল।

তানিয়া আরআনন্দ একই কলেজে ভর্তি হয়েছে। আমার কাছে যে টাকা ছিল তাই আমি দুই থেকে তিন দিন খাওয়া-দাওয়ার ব্যবস্থা করলাম। তারপর দেখলাম আমাকে কিছু একটা করতে হবে। আমাদের স্কুলে একটা শিক্ষক মহাশয় আমাকে একটু ভালোবাসতেন তাই তাকে গিয়ে বললাম স্যার স্কুলের ক্যান্টিন আমাকে চালাতে দিবেন।

স্যার অবাক হয়ে জিজ্ঞাসা করলেন তুমি পড়বে না। আরে তুমিতো খুব ভালো স্টুডেন্ট। তাহলে এসব কেন।

না স্যার। আপনি আমাকে একটা কাজের ব্যবস্থা করে দিলে ভালো হতো। স্যার বললেন ব্যবস্থা করা যায় কিন্তু তোমাকে 100000 টাকার মত দিতে হবে এটা এখনকার নিয়ম। ওখান থেকে চুপচাপ চলে এলাম। অতগুলো টাকা আমি কোথা থেকে ব্যবস্থা করব। বেশ কিছু মানুষকে জিজ্ঞাসা করার পর একজন আমাকে বলল একজন টাকা দিতে পারে। আমি জিজ্ঞাসা করলাম কে। ও বলল এই শহরের মেয়র।

আমি বেশি ভাবনা চিন্তা না করে বললাম আমাকে ওর কাছে নিয়ে যা।

সে যথারীতি সময় আমাকে ওখানে নিয়ে গেল।

মেয়ের সাথে দেখা হতেই উনি আমাকে বললেন টেবিলের উপর রাখা আছে টাকাটা নিয়ে যাও। তোমার বন্ধু তোমার সমস্যা সব কথা বলেছেন আমাকে। তাই আমি সব জানি। সেখান থেকে টাকাটা নিয়ে আমি স্যারকে দিয়ে এলাম। স্যার আমাকে ক্যান্টিনের চাবিটা দিলেন। আর বললেন 6000 টাকা মতো দেব। আমি বললামআপনি যা দিবেন কোন সমস্যা নেই।

যথারীতি সময় পরের দিন কাজে গেলাম। আমি জানি আমার বেশ কিছু বন্ধুর আমাকে নিয়ে মজা করবে।

কিন্তু মজা করতে করতে একদিন তাদের অভ্যাস হয়ে যাবে।

যে স্কুল থেকে আপনিজীবনে বড় হওয়ার স্বপ্ন দেখছেন সেখানে আপনি নিজের জীবনের ধ্বংস হওয়ার দৃশ্য দেখছেন।

এটা এক অদ্ভুত অনুভূতি। আমার এখন স্বপ্নের কথা শুনলে খারাপ লাগে মিথ্যা লাগে। মানুষের কথা শুনলে মেলামেশা করতে ভয় লাগে মনে হয় আবার হয়তো মানুষ ধোকা দেবে।

যেদিকে তাকাই চারিদিকে শুধু মাত্র মনে হয় সব স্বার্থপর আর মিথ্যাবাদী।

পড়াশোনার কোন মূল্য নেই আপনার বা আমার যদি টাকা পয়সা থাকে আপনি সবকিছু করতে পারবেন।

আরও সহজভাবে বলতে গেলে আপনি পড়াশোনার মাধ্যমে পরিশ্রম করে যে স্বপ্ন গুলো দেখেন পূর্ণ করবেন দেখবেন তারা তাঅল্পবয়সেই পেয়ে যায়।

দেখি আর সবাই বলাবলি করছেন তানিয়া ও আনন্দের বিয়ে।

আমি অবাক আমি ভাবতে লাগলাম আমাকে একবার বলার প্রয়োজন বোধ করলো না। আবার ভাবলাম আমাকে কেন বলবে আমার সাথে কি আর আগের মতো সম্পর্ক আছে।

আজ শিক্ষক মহাশয় গুলো সবাই তাদের বিয়েতে যাবে। শুনেছি শহরের সব নামিদামি মানুষগুলো যাবে।

আজ কার বিয়ে জানেন যে মানুষটা আমার জীবনের সবচেয়ে মূল্যবান। আর তার বিয়েতে আমার নেমন্তন্ন পত্র নেই।

হঠাৎ করে একটা শিক্ষক মহাশয় আমাকে বললেন তুই আমাদের সাথে যাবি চল।

আমি ঠিক কোন প্রবলেম হবে না। তাই বলে স্যার বলল তুই রেডি থাকিস কিন্তু।

যাব যাব না ভাবতে ভাবতে ভাবলাম যাই। তাই রেডি হয়ে গেলাম। ওখানে গিয়ে দেখি একদম আমি যেমন স্বপ্ন দেখতাম ঠিক তেমনভাবে সবকিছু সাজানো হয়েছে। সবকিছু আমার দেখা স্বপ্নের মত শুধুমাত্র যে মানুষটির সাথে বিয়ে হতে চলেছে যার সাথে স্বপ্নগুলো দেখেছিল সেই মানুষটা অন্য।

হঠাৎ করে চোখটা আমার পড়ল তানিয়ার দিকে দেখি অন্য সব দিনের চেয়েও অনেক বেশী সুন্দর লাগছে। আমি ওর সাথে নেই কিন্তু আজ কত আনন্দে আছে। সামনে ওদের বিয়ে হচ্ছে আর আমার মনের মধ্যে তানিয়ার সাথে দেখা প্রথম দিন থেকে প্রত্যেকটা দিন যেন আমার চোখের সামনে ঘোরাঘুরি করছে। ওর হাসি আমাকে দেওয়া প্রতিশ্রুতি গুলো। সব যেন আমার কানে ভাসছে।

সামনে যে বসে আছে আমার মনের মধ্যে রাখা সবচাইতে মূল্যবান মানুষ। তার বিয়ে হচ্ছে অন্য জনের সাথে। কিন্তু আটকাতে পারছিনা।

মনে হচ্ছে যেন আমাকে চেয়ারের সাথে কেউ বেঁধে রেখেছে। আমি নড়াচড়া করতে পারছিনা।

মনে হচ্ছে শেষবারের মতো তানিয়ার কাছে ভিক্ষা চাই। যে আমার যত ভুল আছে আমাকে ক্ষমা করে দাও। তুমি যেমনটা বলবে আমি ঠিক তেমনটা নিজেকে করে ফেলব।

কিন্তু আমাকে ছাড়া অন্য কাউকে বিয়ে করো না। মনে হচ্ছে ওর পা ধরে বলি।

কিন্তু দেখলাম সাথে ওর সম্মানটা নষ্ট হবে। থাক কিছু বলবো না।

আমি জানিনা আমার ভালোবাসার মধ্যে কি কম ছিল। বিশ্বাস করেন যদি জানতাম সেটা যতই মূল্যবান যতই কষ্টে জিনিস হতো না কেন আমি দিতাম। আমি জানি না একজনকে নিজের কাছে আটকে রাখার জন্য ঠিক কতটা ভালোবাসতে হয়।

যদি সেটা জানতাম তাই করতাম।

আমরা আসলেই কি সর্বোচ্চ দিয়েও কাউকে নিজের কাছে আটকে রাখতে পারে। আমি তো পবিত্র ভালোবাসা বেঁসে ছিলাম। তাহলে আমার সাথে এরকম কেন হলো।

আরে প্রত্যেকটা ছেলে প্রত্যেকদিন নতুন নতুন মেয়েকে ভালবাসে আর সন্ধ্যেবেলায় ছেড়ে দেয়। দেখি তাদের সাথে থাকা মেয়েগুলো কত ভালো। তাহলে আমি তো ভালো কিছু চেয়েছিলাম তাহলে আমার সাথে কেমন এমনটা হল।

আমি কি করে সব দিক দিয়ে ব্যর্থ হতে পারি। না আমার জীবনের যে লক্ষ্য ছিল সেটা পৌছাতে পারলাম। না জীবনে কিছু করতে পারলাম। না জীবনের সবচেয়ে কাছের মানুষটাকে পেলাম।

আমি ছোট থেকে মিশনে পড়ার কারণে খুব একটা কাছের মানুষ আমার কেউ ছিলনা। বা নিজের কথাগুলো ভাগ করার জন্য কেউ ছিল না একজনকে পেলাম সেটাও কেড়ে নিলে তুমি।

আজ ঈশ্বরের প্রতি আমার ভরসা নেই। আসলে আমি ঘেন্না করি। কারণ ঈশ্বর সেই মানুষগুলোকে বেশি কষ্ট দেয় যে মানুষগুলো ঈশ্বরকে সবচেয়ে বেশি ভালোবাসে।এই ভাবেই সেদিন আমি আমার চোখের সামনে আমার ভালোবাসাকে শেষ হতে দেখেছিলাম।

আসলে সেই মানুষগুলো আমাদেরকে স্বপ্ন দেখানো শুরু করে সেই মানুষ গুলোই আমাদের স্বপ্ন গুলোকে ভেঙে ফেলে। আর যে মানুষগুলো আমাদের দুঃখের গল্প শুনে একদিন সেই সবচেয়ে দুঃখের গল্প বানিয়ে ফেলে আমাদের জীবনটাকে।

## বর্তমান সময়

হঠাৎ ঘুমটা ভেঙে গেল ঘুম ভেঙে দেখি আমি বিছানায় শুয়ে আছি আমার সারা শরীর ঘামে ভিজে আছে। আমি একটু স্বস্তির নিঃশ্বাস নিয়ে বিছানা থেকে উঠে বোতল থেকে জল নিলাম। জলটা খেতে লাগলাম।

কষ্টটা যেন তাজা হয়ে উঠল। যেন মনে হতে লাগল এসব ঘটনা গুলো প্রথম থেকে শেষ অবধি আবার নতুনভাবে হলো। আমি আমার ফোনে থাকা তানিয়ার ছবিগুলো দেখতে লাগলাম। আমরা দুজনে কখনো একসাথে ছবি তুলিনি। শুধু ওর আজকের বিয়ের ছবিগুলো দেখছিলাম।

দেখতে দেখতে আমার তানিয়ার বাবা মেয়র এর কথা মনে পরল। তিনি আমাকে কালকের মধ্যে টাকা চেয়েছেন। এবার যেন আরও বেশী বুকটা ধরফর করতে লাগলো। আমি যে কারো কাছে সাহায্য চাইব এরকম মানুষ আমার তেমন চেনা নেই তবুও বেশ কিছু বন্ধুদের চিনি আমি। আসলে

তাদেরকে আমি অনেক সময় টাকা পয়সা ধার দেই। তাই আমি আমার সমস্ত বন্ধুগুলোকে একের পর এক কল করলামআর বললাম ভাই আমার আমি অনেক বড় সমস্যার মধ্যে পড়ে গিয়েছি। প্লিজ তোর আমাকে কিছু করে টাকা দে। বিশ্বাস কর আমি সব দিয়ে দিব। তোদের যদি টাকারসুদএর প্রয়োজন মনে হয় তাহলে আমি তাও দিতে রাজি আছি। শুধু আমাকে বিপদ থেকে বাঁচা।

কারন আমার জীবনটা শেষ হয়ে যাবে। আমি জানি আমার জীবন এখন প্রায় শেষের দিকে কিন্তু বিশ্বাস কর আজকের পর থেকে আমার জীবনটা আরো শেষ হয়ে যাবে।

আর তাছাড়া তোদেরকে তো আমি সাহায্য করেছি যখন তোদের প্রয়োজনবোধ হয়েছে। তাইনা বল।

কিন্তু অবাক করা বিষয় হলেও এটা সত্যি যে যে মানুষগুলোর উপর সবচেয়ে ভরসা রেখে ছিলাম সেই মানুষগুলো আমাকে দেয়নি।

তাই অবশেষে চিন্তা ভাবনা করলাম যা বলবে বলবে মা বাবাকে ফোন করে আর তাদের কাছে কথাটা খুলে বলি।

কথা অনুযায়ী আমি আমার মাকে ফোন করলাম । মাকে ফোন করতেই আমাকে প্রথম জিজ্ঞাসা করে কেমন আছিস?

সবকিছু ঠিক আছেন তো?

এই কথাটা শোনার পরে যেন চোখ থেকে অজান্তেই জল চলে এলো আর কান্না করে করে বললাম আমি ভালো নেই।

আমি আসলে অনেক বড় সমস্যায় পড়ে গিয়েছি। আমাকে সমস্যা থেকে বাঁচাও। আমি খুব অগত্যা পরে তোমার সাথে কথা বলছি।

মা বলল বিশ্বাস কর যদি আমার ক্ষমতা থাকতো তাহলে আমি তোকে অবশ্যই দিতাম কিন্তু আমি যদি কোন ব্যবস্থা করে দি তাহলে তোর বাবা যখন জানতে পারবে তখন আমাকে তাড়িয়ে দিবে।

তোর চলে যাওয়াতে বাড়ির সবকিছু এলোমেলো হয়ে গিয়েছে।

গ্রামের বিভিন্ন লোকে তোকে নিয়ে বিভিন্ন খারাপ কথা বলছে। আমাদের শুনতে খারাপ লাগলেও আমাদের কিছু করার নেই। এসব কেন করলি।

আমি বুঝতে পারলাম তারাআমাকে সাহায্য করবে না।

বেশি কথা না বলে ফোনটা কেটে দিলাম।

দুনিয়ার দিকে তাকিয়ে হাসি পেল। পৃথিবীটা কতটা মিথ্যা সবাই কেমন নাটক করে।

আপনার যখন সত্যিকারের কাউকে প্রয়োজন বোধ করবেন দেখবেন সেই দিন আপনার পাশে কেউ থাকবে না। শুধুমাত্র আপনি নিজেকে পাবেন। এ কথাটা শুনতে খারাপ লাগলেও এটা পৃথিবীর একটা কঠিন সত্য।

চারিদিকে ছোট থেকে আপনার সাথে সবাই অভিনয় করে। কেউ প্রয়োজনে আবার কেউ নিজের সম্মান রক্ষা করার জন্য।

অনেক ইচ্ছা করছে আজকের এই সমস্যাগুলো থেকে বেরিয়ে আসতে। কিন্তু পারছিনা। কখনো কোন জিনিসকে খুব একটা বেশি ভয় পেতাম না কিন্তু আজ ভয় লাগছে নিজের স্বপ্ন গুলো নিজের হাতে যেন শেষ করে ফেলছি। বুঝতে পারছি নিজে নিজের জীবনটাকে ধ্বংস করছি কিন্তু আটকাতে পারছিনা।

সিদ্ধান্ত নিয়ে ফেললাম যখন ঈশ্বর চাইছেন আমার জীবনটা ধ্বংস হোক তাহলে হোক না। ঈশ্বর আমাকে সৃষ্টি করেছে সে যদি চান আমি কষ্ট পাই তাহলে থাক কষ্ট পাই।

হাসি লাগছে। নিজের জীবনটার দিকে তাকিয়ে।

আল্লাহ তুমি শুধু মানুষকে কষ্ট দিতে পারো।

যে মানুষগুলো,

তোমাকে সবচাইতে বেশিভালোবাসে

সেই মানুষগুলোকে তুমি সবচেয়ে বেশি কষ্ট দাও।

আমাদের অপরাধ টা কি? আমাদের অপরাধ এটা যে আমরা তোমাকে অনেক বেশি ভালোবাসি।

নিজের পরিবারকে অনেক বেশি ভালোবাসি।

এই জন্য তুমি আমাদের বেশি কষ্ট দাও তাই তো।

ঠিক আছে দেখা যাক তুমি আমাকে কত কষ্ট দিতে পারো?

# 15

# কষ্টে ভরা জীবন

তানিয়ার বাবাকে ফোন করলাম আর বললাম আমি রাজি আছি। কবে কখন কোথায় করতে হবে বলেন।

তানিয়ার বাবা ওপাশ থেকে উত্তর দিলো আমি জানি তুমি এই সিদ্ধান্তটাই নেবে।

তুমি তোমার কোন বন্ধুকে আনবে না। আমি বললাম ঠিক আছে আনবো না।

তানিয়ার বাবা বললেন ঠিক আছে একটা ম্যারেজ হল এর ঠিকানা দিলেন আর বলেন এখানে চলে আসবে সন্ধ্যা পাঁচটার দিকে।

সন্ধ্যা পাঁচটার সময় নামে ঠিকানায় দেওয়া ম্যারেজ হলে চলে গেলাম। গিয়ে দেখি তানিয়া ও আনন্দ ও ওর বাবা আর মা আছে। আর একটা হুইলচেয়ারে বসে আছে তানিয়ার ছোট বোন।

আজ আমার বিয়ে এটা প্রত্যেকটা ছেলে আর মেয়ের জীবনের সবচেয়ে মূল্যবান একটি দিন। কিন্তু আমার কাছে এটা একদম অন্যরকম এটা আমার জীবনের ধ্বংসের।

আসলে কোন জিনিস ভালো বা খারাপ হয় না আসলে আমাদের উপর ডিপেন্ড করে যে আমাদের পরিস্থিতি কেমন যদি আমাদের পরিস্থিতি ভাল হয় তাহলে জিনিসটা আমাদের জন্য ভালো না হলে খারাপ।

যিনি বিয়ে পড়াতে এসে ছিলেন উনি আমাকে তিনবার কবুল বলতে বললেন আমি বলে ফেললাম।

তখন আমি জানতে পারলাম তানিয়ার ছোট বোনের নাম আরিয়া।

এর আগে আমি কখনোই ওর নাম শুনিনি এটা অদ্ভুত লাগলেও এটাই সত্যি।

আমার নাম বলতে মেয়েটাকে দেখলাম সেও তিনবার কবুল বলল। বুঝতে পারলাম আজ থেকে এই মেয়েটা ও আমায় একসাথে থাকতে হবে। তাছাড়া আমার জন্য কোন উপায় নেই।

বিয়ে হবার পর তানিয়ার বাবা ও আমাকে বলল সবকিছু আমি সামলে নেব বাকি তোমার চিন্তা করার দরকার নেই।

তারপর একটা কাগজ দিয়ে বলল এটাই সই করো। আমি বললাম এটা কি তিনি বললেন আজকের পর থেকে আমার পরিবারের কোন মানুষের সাথে তোমার আরআরিয়ার সম্পর্ক শেষ। আমার কোন জিনিসেরই ভাগীদার আর আরিয়া আর তুমি কখনো থাকবে না।

ঠিক আছে বাকি আপনাকে ভাবতে হবে না আর বলতে হবে না আমি শুনতে চাই না। বলেন কোথায় সই করতে হবে আমি করে দিচ্ছি উনি যেখানে দেখালেন আমি সেখানে সই করে দিলাম।

তানিয়ার বাবা বলল আমি ,আরিয়া ও তার জিনিসপত্রগুলো তোমার বাড়িতে পৌঁছে দিয়ে আসছি।

আমি বললাম ঠিক আছে।

আমার বাড়ি বলতে আমি দুটো ঘরওয়ালা একটা ভাড়া বাড়িতে থাকি। ওটা আমার এক বন্ধুর বাড়ি তাই আমার জন্য সে খুব একটা ভাড়া নেয় না।

আমি চলে এলাম আমার বাড়ি। কিছুক্ষণ পর দেখি একটা গাড়ি এলো আমার বাড়ির সামনে। তারপর আরিয়াকেএবং তার জিনিসপত্র রেখে দিয়ে গেল আমার ঘরে।

তারপর দেখলাম আরিয়ার বাবা হুইলচেয়ারের কাছে হাঁটু নিচু করে বসে বললো আমাকে ক্ষমা করে দে মা।

আমি তোকে অনেক ভালোবাসি।

কিন্তু আমি এমন এক পরিস্থিতিতে আছি, তোকে বিসর্জন দেওয়া ছাড়া আমার হাতে কোন রাস্তা নেই। আমি আজকের এই জায়গায় আসার জন্য জীবনের প্রত্যেকটা দিন পরিশ্রম করে ছিলাম। তাই আমি পারলাম না তোকে নিজের কাছে রাখতে।

পারলে আমাকে ক্ষমা করে দিস।

আরিয়া কিছু বলল না। দেখলাম ওর চোখের একটা কোণ থেকে কয়েক ফোঁটা জল বেরিয়ে এলো। আরিয়ার মা আমার কাছে এল এসে বলল। যদি

আমি তোমাকে কখনো বোঝাতে পারতাম যে আমি তোমাকে কত মূল্যবান জিনিস দিয়ে গেলাম। আমি আমার জীবনের সবচেয়ে দামি উপহারটা তোমাকে দিয়ে গেলাম এটা কখনো অবহেলা করোনা। জানো ও কখনো আমার বা ওর বাবার কোন কথা কখনো অবাধ্য হয়নি। প্লিজ ওর খেয়াল রেখো।

আমি মাথা নেড়ে বললাম ঠিক আছে।

আমার হাতে গোপনে একটা এটিএম কার্ড দিয়ে বলল এটা রাখ। তোমার যখন যখন পয়সার প্রয়োজন পড়বে আমি এখানে টাকা ভরতে থাকবো।

কেন জানিনা আমার মনে হলো এটা নেওয়াআমার উচিত হবে না, তাই ওটা ঘুরিয়ে দিয়ে বললাম আমি নিতে পারবো না।

তিনি আরিয়ার কাছে গিয়ে বুকে জড়িয়ে ধরে কাঁদতে লাগলেন। নিজের দুটো হাত ওর দু গালে রেখে মুখে মুখ রেখে বলল ভালো থেকো। নিজের খেয়াল রেখো।

তারপর তারা আস্তে আস্তে গাড়িতে উঠে পড়লেন এবং সেখান থেকে চলে গেল। আমি ঘরে ঢুকে গেলাম।

আমার পিছু পিছু সেতার হুইল চেয়ারটাকেএগিয়েআনলেন।

আমি চুপচাপ বিছানায় উপুড় হয়ে পড়ে শুয়ে গেলাম।আজকের সারাদিনটা অনেক পরিশ্রম করার ফলে, কখন যে চোখটা বুজে এসেছে বুঝতেই পারিনি ,যে বাড়িতেই থাকতাম আমি। সেখানকার বন্ধু আমাকে ধাক্কা দিয়ে বিছানায় উঠলো। উঠিয়ে বলল তোর কি খেয়াল আছে আরিয়া তোর নাম ধরে কতক্ষণ ধরে ডাক ছিল জানিস। আমার মনে হচ্ছে খুব বেশি অসুস্থ তাড়াতাড়ি হসপিটালে নিয়ে চল।

আমার বন্ধু আমাকে বলল আমি গাড়ি নিচে দাঁড় করিয়ে রেখেছি। আমরা তারাতারি আরিয়াকে গাড়িতে উঠিয়ে হসপিটালে ভর্তি করলাম ভর্তি করতে ডাক্তার বলল ওর প্রাইভেট পার্ট থেকে ব্লাড পরছে তাই আমাদেরকে অপারেশন করতে হবে।

তাড়াতাড়ি আপনি টাকাটা জমা দেন। আমি টাকাজমা দেওয়ার জায়গায় জিজ্ঞাসা করলাম কত টাকা লাগবে ? তিনি বললেন এক লক্ষ মত। আমি খুব ভাবনায় পড়ে গেলাম। আমার বন্ধুকে ডেকে বললাম, একটা কাজ কর না আমার। আমি যে ক্যান্টিন টা চালায় সেটা একজন নেওয়ার জন্য আমাকে অনেকবার বলেছিল তাকে একবার কল করে বল না।

সে আমাকে বলল ওটা তুই কেন বিক্রি করছিস।

আমি বললাম তোর কি মনে হয় আমার হাতে কোন রাস্তা থাকলে আমি করতাম। প্লিজ আমার এই উপকারটা কর।

উপকারটা করলে খুব ভালো হয়।

সে তাড়াতাড়ি ফোনটা করে কিছুক্ষণ পর আমার হাতে এক লক্ষ টাকা ধরিয়ে দিয়ে বলল নে।

আমি টাকাটা নিয়ে তাড়াতাড়ি জমা করে দিয়ে এলাম।

জমা করে হসপিটাল থেকে বাইরে বেরিয়ে এলাম। বড় একা লাগছে নিজেকে অসহায় লাগছে নিজেকে।

আটকাতে পারছিনা সব কিছু যেন মনে হচ্ছে আমার উপর দিয়ে যাচ্ছে

মনে হচ্ছে ঈশ্বর আমার উপর খুব বেশি রেগে আছেন। কিন্তু আমি তো সেরকম কিছুই করিনি জীবনে।

কান্না করতে ইচ্ছে করছে কিন্তু চোখের জল বুলিয়ে গিয়েছে।

তারপর আবার হসপিটালে প্রবেশ করলাম। প্রবেশ করতেই একজন বলল জ্ঞান ফিরেছে। আপনি চাইলে দেখা করতে পারেন।

আমার কাছে গিয়ে ওর বিছানার পাশে একটা চেয়ার ছিলো ঐ চেয়ারে বসতেই। আরিয়া প্রথম যে কথাটা আমাকে বললো

"সরি আমি রিয়েলি ভেরি সরি"

এটা ওর প্রথম কথা যেটা আমাকে জীবনে প্রথমবার বলল। আমি বললাম sorry কেন?

তোমাকে এতগুলো সমস্যায় ফেলার জন্য। না না তুমি আমাকে কোন সমস্যায় ফেলোনি।

গুগোল আমার ভাগ্যে ছিল।

আরিয়া আবার বলল আমাকে ক্ষমা করে দিও প্লিজ।

আরে ইয়ার তুমি আমার কাছে বারবার ক্ষমা চাইছ কেন বলতো। আমি তোমার উপর কেন রাখব।

ডাক্তার আসতেই আমি বললাম কখন ছাড়বেন আমাদের।

উনি বললেন আপনি কাল সকালে যেতে পারেন। ডাক্তার চলে যাওয়ার পর আরিয়া আমাকে বলল তুমি চলে যাও কাল সকালে আবার আসবে না হলে। আর এখানে তোমার এমনি তেও ঘুমাতে অসুবিধা হবে।

আমি একটু রেগে গিয়ে বললাম তোমাকে সেই নিয়ে চিন্তা করতে হবে না।

আমি জিজ্ঞাসা করলাম কিছু খাবে?

মাথা নেড়ে বলল না।

তাও আমি বাইরে থেকে দুটো চকলেট নিয়ে এলাম আর কিছু কেক নিয়ে এলাম।

দিয়ে ওর হাতে রাখলাম রেখে বললাম তোমার যদি কিছু প্রয়োজন হয় তাহলে আমাকে ডাকবে আমি ওখানেই আছি।

আবার মাথা নেড়ে বলল হ্যাঁ।

সকাল হতেই ডাক্তার বলল এবার আপনি নিয়ে যেতে পারেন। বাড়ি নিয়ে এলাম আরিয়া কে।

আমিছোট থেকে বাইরে পড়াশোনা করার জন্য রান্নাবান্না সবকিছু করতে মোটামুটি জানি।

খাবার রান্না করলাম কিছু।

তারপর ওকে দিলাম। এগুলো খেয়ে নাও তোমার ওষুধ আছে। ও আমার হাত থেকে ওষুধ পানির গ্লাস টা নিয়ে ওষুধ খেয়ে নিল। আমি ওকে তারপর বললাম বিছানায় শুয়ে পড়ো।

বিছানায় শুয়ে পড়ার পর আমি ওর উপরে কম্বল চাপিয়ে দিয়ে বললাম দরকার হলে আমাকে একবার ডাক দিও।

মাথা নাড়া দিয়ে বলল হ্যাঁ।

তারপর আমি লাইট টা নিভিয়ে ছাদের উপরে গিয়ে।

আকাশের দিকে তাকিয়ে ভাবতে শুরু করলাম। আমি কেমন পরিস্থিতিতে চলে এসেছি। আজ আমার কেউ নাই। হয়তো এত সব কষ্ট আমার ভালো হওয়ার কারণে। প্রত্যেকটা দিন ভাবতাম একদিন আসবে যেদিন আমি আমার বেস্ট ফ্রেন্ড কে খুজে পাব। যার সাথে আমি মন খুলে কথা বলবো। বলবাম এগুলো পারিনা।

আমার ভালোলাগার জিনিস গুলো বলবো, আমার খারাপ লাগা জিনিসগুলো বলবো।

কিন্তু আজ আমি সত্যি কারের একা। আজ আমি অনেক কষ্টে আছি কিন্তু সেই কষ্টগুলো ভাগ করে নেওয়ার মত কেউ নেই। আমার বুকের মধ্যে যে কষ্ট আছে সে কষ্টগুলো দূর করার জন্য যে আমি মদ খাবো তাও খেতে পারছি না।

কারন আমি আর দশটা ছেলের মত মদ খেয়ে নিজের কষ্ট দূর করতে পারিনা। যেটা খারাপ সেটা খারাপ।

আমি এটা বলতে পারবোনা যে নিজের কষ্টগুলো দূর করার জন্য আমি মদ খাই।

মনে হচ্ছে যেন আমার বুকের উপর কেউ যদি একটা হাত রেখে বলতো আমি তোমার পাশে আছি।

পকেট থেকে ফোনটা বার করে দেখলাম অনেক ফোন নাম্বার আছে কিন্তু কল করার মানুষ কেউ নাই।

একটা কথা আছে জানেন যেদিন আপনার সত্যি কাউকে প্রয়োজন হবে দেখবেন সেদিন আপনার পাশে কেউ থাকবে না।

এটা একটা অবাক বিষয় যে যখন আপনি ছোট ছিলেন তখন এ একবার ও একবার করে প্রত্যেকে আপনাকে নিতে চাইত। কিন্তু যেদিন আপনার সত্যিই একজনকে প্রয়োজন সেদিন আপনার পাশে কেউ থাকবে না। আর দশটা বাস্তবের মধ্যে এটা একটা বাস্তব কঠিন সত্য।

তাই ফোনের মধ্যে থাকা সমস্ত জিনিস কে ডিলিট করে দিলাম। যত স্মৃতি ছিল সব মুছে ফেললাম।

যখন আপনার সাথে থাকা মানুষগুলো ভালো হবে তখন তাদের স্মৃতিগুলো সারাজীবন নিজের কাছে আগলে রাখতে ইচ্ছে করবে। কিন্তু যখন আপনার সাথে থাকা মানুষগুলোই খারাপ হবে তখন তাদের যত স্মৃতি আপনার কাছে থাকবে তত আপনি কে খারাপ লাগবে।

আপনারা হয়তো ভাবছেন আরিয়া কেআমি কিছু বলছি না কেন?

কি বলবো। ওর কি সত্যি কোন দোষ আছে।

আমি কখনোই নিজের ভুলগুলোর ভার অন্য জনের হাতে তুলে দিতে পারি না।

আরে আমিতো দোকান টা বিক্রি করে দিয়েছি। তাড়াতাড়ি আমি নিচে নেমে ঘরে প্রবেশ করলাম প্রবেশ করে একটা চিরকুটে আমার একটা নাম্বার লেখা ছিল ওই নাম্বারটা নিয়ে আমি আমারএক বন্ধুকে ফোন করলাম।

ওর একটা মোবাইলের দোকান আছে। তাই ওকে ফোন করে বললাম ভাই আমাকে কর্মচারী নিবি।

আমি যখন স্কুলে পড়তাম তখন ওর সাথে আমার প্রতিদিনই ঝগড়া হতো। তাই একটু অবাক হয়ে বলল হ্যাঁ অবশ্যই আসিস।

দেখবেন জীবন আপনি যে মানুষ গুলোকে সবচেয়ে বেশি খারাপ ভাববেন সেই মানুষগুলো অতটাও খারাপ না যতটা আপনি ভাবছেন।

আমি ওকে আবার জিজ্ঞাসা করলাম কবে থেকে আসব ভাই?

ওপাশ থেকে উত্তর দিয়ে বলল কাল থেকেই আসতে পারিস।

ঘুম থেকে উঠে আমি ব্রাশ ও গা ধুয়। সাথে কিছু নোংরা কাপড় থাকলে সেগুলো পরিষ্কার করে ফেলি।

আরিয়ার বেশ কিছু জামা বিল্ডিং এর কারোনে নোংরা হয়েছিল সেগুলো কে পরিষ্কার করে। খাবার রান্না করে।

আরিয়া কে বললাম খাবার ও তোমার জামা গুলো পরিষ্কার করে দিয়েছি। আমাকে কাজে যেতে হবে তাই গেলাম যদি কোন প্রয়োজন হয় তাহলে আমাকে কল করিও।

আমি যে বন্ধুটা দোকানে কাজ করব ভাবছিলাম তার নাম তামিম। তামিম আমাকে দেখেই বুকে জড়িয়ে নিয়ে বললো ভালো আছিস ভাই।

তোর ব্যাপারে আমরা সব কিছু শুনেছি আমি ভেবেছিলাম তোকে একবার বলব কিন্তু সাহস হয়নি।

কারণ তোর সাথে আমার এত স্কুলে ঝগড়া হতো যে তুই হয়তো ভাববে আমি পরিস্থিতির জন্য তোর কাছ থেকে প্রতিশোধ নিচ্ছি।

তাই।

তামিমের কথাগুলো আমাকে খুব বেশি ভালো লাগলো। তামিম আমাকে আরো বললো তুই যখন ইচ্ছে ছুটি নিতে পারিস।

শুধু আমাকে একবার জানাবে তাহলে আমি অন্য একজনকে তোরঅবর্তমান দিনগুলোতে কাজে লাগিয়ে রাখবো।

অনেকদিন একটা ভালো মানুষের সাথে দেখা হল। যাক ভালো লাগলো।

এই ভাবে কাজ করতে লাগলাম তামিমের দোকানে। আর ওদিকে আস্তে আস্তে আরিয়া সুস্থ হয়ে উঠতে লাগলো।

আরিয়া এখন অনেকটা সুস্থ হলেও হাঁটতে পারে না। আর ওর সাথে আমার খুব একটা বেশি কথা হয় না। কারণ আমি ওর খুব একটা কাজে যায় না মনে হয় যদি রাগের মাথায় ওকে কিছু বলে ফেলি।

কারণ এমনিতেই আমার সারা দিনমান অনেক বেশি টেনশন হয়। সবগুলো বিষয় নিয়ে অনেক বেশি চিন্তিত থাকি।

আমি আপনাদের একটা ঘটনা বলা হয়নি। সেদিন আমি ঘর থেকে বাইরে বের হয়ে দেখি আরিয়া নামাজ পড়ছে। চেয়ারে বসে বসে। আমার প্রচন্ড রাগ উঠল। ওর নামাজ শেষ হতেই আমি ওর কাছ থেকে পার্টি টা নিয়ে। দূরে ছুঁড়ে দিলাম আর বললাম তোমার কেন মনে হয় যে তোমার পাশে আছে।

তোমার কি মনে হয় যে ,এরচেও তোমার জীবনে আর কিছু খারাপ হতে পারে? আরে তোমার জীবনটা শেষ হয়ে গিয়েছে। তুমি কখনো কোন খারাপ কাজ করোনি। তাও তোমাকে এতটা কষ্ট সহ্য করতে হচ্ছে প্রতিনিয়ত।

ঈশ্বর তোমার জন্য কিছু করবেন না। আসলে ঈশ্বর সেই মানুষগুলোর জন্য কিছুই করে না যারা ঈশ্বরকে সবচেয়ে বেশি বিশ্বাস করেন।

তখন আরিয়া আমাকে বলল। ঈশ্বর কখনোই ভালো মানুষগুলো খারাপ করতেই পারেনা। এখন হয়তো আমাদের মনে হচ্ছে, আমার সাথে ঘটে যাওয়া প্রত্যেকটা খটনা আমার জীবনটাকে ধ্বংস করে দিয়েছে। আসলে তা না হতেও পারে। সঠিক সময়ে ঠিক উত্তর পেয়ে যাব। এবার বুঝলেন মেয়েটা একটু বেশি ভালো।

তামিমের দোকানটা অনেকটা বড় হওয়ায় এবং মেন মার্কেটে হওয়ায় সে আমাকে মাসের শেষে 6000 টাকা দেয়।

আজ মাসের শেষ তাই আমাকে তামিম একটা খাম দিয়ে বললো ভাই টাকাটা ধর।

কখনো যদি তোর এর চেয়ে বেশি টাকা প্রয়োজন হয় আমাকে বলবি আমি দিয়ে দিব।

টাকাটা হাতে পেয়ে প্রচণ্ড খুশি লাগলো। মনে হল যেন অনেক ব্যর্থতার পর একটা ছোট্ট সাফল্য হলো।

টাকাটা নিয়ে কি করবো বুঝতে পারলাম না। আমরা এতদিন সবজি ছাড়া কিছু খাইনি। আগে যখন বাড়িতে থাকতাম তখন সপ্তাহে এক থেকে দুই দিন পর পর মাছ মাংস খেতাম। যদি কোনদিন ভুল করে না দিতো তাহলে খাবার ঘর থেকে উঠে চলে আসতাম। আরমা তখন তার পরের দিনই যেটা খেতে চাইতাম সেটাই করে দিত।

কিন্তু যতদিন থেকে এখানে একা থাকতে শুরু করেছি ততদিন থেকে সেরকম কোন ভালো খাবার খাইনি।

তাই ভাবলাম একটা ভালো রেস্টুরেন্ট থেকে খাবার নিয়ে যাব। তাই ভালো একটা রেস্টুরেন্ট থেকে খাবার নিলাম।

রেস্টুরেন্টে থেকেই পাশে একটা কাপড়ের দোকান দেখতে পেলাম। ওখানে গিয়ে একটা পোষাক খুব বেশি ভালো লাগলো ভাবলাম এটা আরিয়ার জন্য নিলে কেমন হয়। দামটা জিজ্ঞেস করতেই বললো 2000 টাকা পড়বে।

তখন আমি বুঝতে পারলাম যদি আমি জামাটা কিনে তাহলে আমাদের এই মাসের খরচ চালান ওটা মুশকিল হয়ে পড়বে।

তাই দোকান থেকে বেরিয়ে এলাম আর ভাবলাম একটু টাকা জমাই তখন না হলে দেব।

হঠাৎ আমাকে আমার ভাড়াবাড়ির বন্ধু আমাকে কল দিল। কলটা রিসিভ করতেই আমাকে বলল আরিয়া হাত কেটে দিয়েছে।

আমি তাড়াতাড়ি কোন একটা গাড়িতে চেপে বাড়ি পৌছালাম। পৌছি আমি দেখলাম ওর ডান হাতটা বেশ খানিক কাটা।

বাড়ির পাশের মেডিকেলের দোকান থেকে ওষুধ ব্যান্ডেজ আনতে বললাম আমার বন্ধুটাকে। সে আমাকে তাড়াতাড়ি এনে দিলো তারপর তাকে বললাম এবার তুই যা আমি দেখছি।

ওর হাতে তুলো দিয়ে প্রথমে রক্তগুলো মুছলাম। তারপর ওষুধ লাগিয়ে হাতে ব্যান্ডেজ করে দিলাম।

তারপর ওকে জিজ্ঞাসা করলাম তোমার এগুলো কি করে হলো।

ও বলল যে আমি আজ দেখলাম আমি আস্তে আস্তে হাঁটতে পারছি তাই ভাবলাম তুমি বাড়ি এসে রান্না করবে। তার চেয়ে ভালো আমি রান্না করে রাখি।

কথাটা শোনা মাত্র আমার প্রচন্ড রাগ উঠল। আমি চিৎকার করে বলে উঠলাম।

আরে তোমার প্রবলেমটা কি তোমার জন্য আমি এতগুলো প্রবলেমে আছি। তারপরে তুমি আবার নতুন সমস্যা শুরু করেছো। তুমিবুঝতে পারছ না এখন যদি কিছু হয়েছে তো তখন আমাকে আবার হসপিটালে ছুটোছুটি করতে হতো। আর আমাকে সমস্যা দিও না প্লিজ।

আমি রাগে উপরে চলে গেলাম। তারপর আমার বেশ রাগ উঠল।

আবার আমি চিন্তা করতে লাগলাম ও তো কোন ভুল কাজ কিছু করেনি।

আসলে ও ক্লাস টেন এ পড়ত। তাই রান্নাবান্না সেভাবে করতে পারত না।

দোষ না থাকা সত্ত্বেও আমি ওকে অনেক বকাবকি করে ফেলেছি। তাই তাড়াতাড়ি নিচে নেমে এলাম এসে দেখি ও ঘুমিয়ে পড়েছে। তাই ওর পাশে গিয়ে আরিয়া আরিয়া বলে দুইবার ডাক দিলাম।

দেখলাম হালকা করে চোখটা খুলল তখন আমি ওকে জিজ্ঞাসা করলাম খিদে নেই।

না।। আমি জানি ওটা কেন বলল কারণ ও ভাবছে আজ তোরান্না করা হয়নি। আরও যদি হ্যাঁ বলে তখন আমাকে খারাপ লাগবে ওকে খেতে না দিতে পারার জন্য।

আমি বললাম ওঠো।

বিছানা থেকে হালকা করে উঠলো ওটা আমি ওর পিঠের ধারে একটা বালিশ দিলাম দিয়ে বললাম হেলানা দাও।

আমি বললামকিছু মনে করো না তোমাকে অনেক আমি খারাপ কথা বলে দিয়েছি যা আমার বলা উচিত ছিল না।

নানা আরে আমারই দোষ ছিল, আমার এটা করা উচিত ছিল না।

আচ্ছা ঠিক আছে আমি আমার ব্যাগ থেকে খাবার গুলো বার করলাম করে একটা থালা হাতে নিয়ে এলাম।

ওআমাকে জিজ্ঞাসা করল এসব কোথা থেকে পেলে। আমি বললাম তোমাকে সেসব ভাবতে হবে না। আরে আজকে এক মাসের বেতন টা দিয়েছে তো তাই।

তারপরে খাবারগুলো ওকেআমি খাইয়ে দিতে শুরু করলাম। খাবার শেষ হওয়ার পর আমি গ্লাসে করে জল নিয়ে এসে ওটা ওকে খাইয়ে দিলাম। তারপর আমি আমার হাত দিয়ে ওর মুখটা মুছে দিলাম। তারপর ওকে বললাম তোমার জন্য আইসক্রিম ও আছে।

তারপর সেটাও খাইয়ে দিলাম। তারপর ওকে বললাম এবার ঘুমিয়ে পরো।

তারপর আমি ঘুমিয়ে পড়লাম।

হঠাৎ দেখি কান্নার আওয়াজ আসছে আমি বুঝতে পারলাম আরিয়া কান্না করছে হয়তো ওর বাবা-মার কথা মনে পড়ে গেছে।

প্রথমবার ভাবলাম ওঠায় আবার ভাবলাম কিছু সময় আমাদের কান্না করা ভালো তাতে আমাদের কষ্টটা কমে যায়।

ঘুম থেকে উঠে দেখি আরিয়া আমাকে একটা কাপ ধরিয়ে বললো চা।

আমি বললাম আরে ইয়ার কাল এতবার করে বারণ করলাম তারপরেও।

ও বলল প্রমিস আমি চা সত্যি ভালো করতে পারি।

তারপর ওকে বললাম যতক্ষণ না আমি বলছি তুমি রান্না করতে শুরু করবে না প্লিজ।

হাসতে হাসতেমাথা নাড়লো ঠিক আছে।

তারপর আমি কাজের উদ্দেশ্যে চলে গেলাম। বাড়ি এসে দেখি ঘরবাড়ি সব পরিষ্কার। প্রত্যেকটা জিনিস একদম পারফেক্ট রাখা আছে।

ভাবলাম ওকে বারণ করব এসব কাজগুলো করার জন্য। কিন্তু দেখলাম হাসতে হাসতে আমার কাছে এসে বলল সবকিছু ঠিক আছে তো।

আসলে আমি কখনো আরিয়া কে হাসতে দেখে নি। ওর হাসি দেখার পর বারণ করতে ইচ্ছে করলো না। মাথা নেড়ে বললাম সবকিছু ঠিক আছে।

রাত্রে বেলায় খাবার সময় আমাকে বলল আমার এক বান্ধবী আজ আমাকে ফোন করেছিল আর সে বলল কাল এখানে আসবে আমি ওকে বলেছি আগে তোমাকে জিজ্ঞাসা করব তারপর।

আমি বললাম তোমার বন্ধু তাই তোমার যেটা ভালো মনে হয় সেটাই করো।

আমি পরের দিন দোকানে যাওয়ার আগে রাকেশকে মানে ভাড়াবাড়ির বন্ধুটা কে কিছু খাবারের লিস্ট দিলাম। দিয়ে বললাম যদি আমাদের বাড়িতে কেউ আছে তাহলে এই জিনিসগুলো এনে আরিয়ার হাতে দিবি।

এসব বলার পর আমি চলে গেলাম। সন্ধ্যা তিনটেয়আমি যখন বাড়ি ফিরলাম তখন দেখি ওর এক বান্ধবী এসেছে।

আমাকে দেখতেই ও আমাকে বলল আপনার সাথে কিছু কথা আছে। আমি বললাম বল ও বলল না এখানে বলা যাবে না।

একা একা বলতে হবে ঠিক আছে তবে ছাদের উপরে চলো।

# 16

# যেমনটা সে চাই

আমি আর আরিয়ার বন্ধুউপরে গল্প করতে লাগলাম গল্প করতে করতে জানতে পারলাম আরিয়ার বান্ধবীর নাম সুহানা।

সুহানা বলল আমি আর আরিয়া বেস্ট ফ্রেন্ড। আমি আরিয়াকে খুব কাছ থেকে চিনি।

আরিয়া ছোট থেকেই খুব কম মানুষের সাথে মেলামেশা করে। যখন ও ম্যাচিওর হলো তখন দেখলাম সবাই একটু বেশি বিগড়ে যায়। কিন্তু ওর ক্ষেত্রে সম্পূর্ণ আলাদা।

ও কখনও পয়সা অপচয় করত না। ওকে যে পরিমাণ পয়সা ওর বাবা-মা দিত তার সবকিছুই রেখে দিত। তারপরে খুব সুন্দর হওয়ার কারণে ওকে স্কুলের খুব কম ছেলে আছে যারা প্রপোজ করেনি। যে ছেলেগুলো আমাদের ক্রাশ ছিল। সেই ছেলেগুলোর ক্রাশ ছিল আরিয়া। এমন খুব কম ছেলে আছে যারা ওকে প্রপোজ করেনি। কিন্তু অবাক করার বিষয় হচ্ছে আরিয়া কখনো তাদের প্রপোজ একসেপ্ট করেনি। এমনকি তাদের সাথে কথাও কখনো বলেনি। আমাদের ওর প্রতি খুব রাগ উঠতো আর ওকে আমরা বলতাম এত অহংকার কিসের। ও বলতো নারে বোন এটা অহংকার না এটা নিজেকে সংযত রাখা। কারণ আমার সাথে যে ছেলেটার বিয়ে হবে তাকে আমি কখনো মিথ্যা কথা বলতে পারবোনা। ওরকথাগুলো শোনার পর একটা জ্বলন হত। এত সুন্দর চেহারা থাকার পর কেউ এসব কথা বললে সত্যি একটা অদ্ভুত লাগবে। যখন দেখল যে ছেলেরা ওকে একটু বেশি প্রপোজ করতে শুরু করল তখন ও বোরকা পরতে লাগলো। এবং নামাজ পড়তে

লাগলো আপনার যদি জিজ্ঞাসা করতাম এসব কেন। আমাদের বলতো যে আমি নামাজ পড়ছি নিজেকে সংযত রাখার জন্য। কারণ ভুল করে যদি কোনো আমাকে ছেলে পছন্দ হয়েছে তখন আমি কি করবো।

আমরা ওর এসব আচরণ দেখেওকে বলতাম তোর কি মনে হয় যে ছেলেগুলো কে তুই রিজেক্ট করছিস তার চেয়েও তো ভালো ছেলে পাবে।

তখন সে আমাদেরকে বলতো যে মানুষগুলো নিজেকে পবিত্র রাখে নিজেকে সংযত রাখে তাদের সাথে আল্লাহ কখনই খারাপ ব্যবহার করবেন না।

আর এর চেয়ে ভালো ছেলে পাওয়ার কথা বলছিস। আরে আমি এর চেয়ে কয়েক শ গুণ ভালো ছেলে পাব। যে আমার সব সময় খেয়াল রাখবে। ওর কাছে থাকলে নিজের বাবা-মার কথা কখনো মনে পড়বে না।

আর তোরা ওকে দেখলে বলবি
আরে ইয়ার তোর জামাইটা না
একদম পারফেক্ট।
সত্যি ধৈর্য ধরলে
ঈশ্বর কখনই তার সাথে খারাপ করেন না।

আর তোরা তখন আফসোস করবি। আর বলবি যে সত্যি কারের ভালোবাসা পেতে গেলে নিজেকে বিসর্জন দিতে হয়। আল্লাহর উপর ধৈর্য রাখতে হয়।

যখন তোরা রান্নাবান্না করবি তখন দেখবি
আমি বিভিন্ন দেশে ঘুরে বেড়াচ্ছি।
আমার ভালোবাসার মানুষটা কে সবসময় বুকে জড়িয়ে ধরে রাখবো।।

ও আরো বলতো আমি সব সময় এত পড়াশোনা করি কেন জানিস। যাতে আমি প্রচুর পড়াশোনা করে কোন একটা চাকরি পেয়ে যাব। তখন আমি আমার ভালোবাসার মানুষটাকে আমার উপার্জনের টাকা গুলো দিয়ে বলবো তোমার যেটা ইচ্ছা যেভাবে ইচ্ছা খরচ করো।

তাই আমি কখনো সময়গুলো নষ্ট করি না। আমারও ঘুরতে ইচ্ছা করে। আমারও সিনেমা হলে গিয়ে সিনেমা দেখতে ইচ্ছে করে। প্রত্যেক প্রেমিক-প্রেমিকা যেমন ঘন্টার পর ঘন্টা রাত জেগে কথা বলে। ঠিক আমিও আমার ভালবাসার মানুষটার বুকে মাথা রেখে সারারাত গল্প করবো।

একটা কাপে চা খাব।
একে অপরকে খাইয়ে দেব।

আমাদের ভালোবাসা দেখে সবাই বলবে এরকম যদি পেতাম।

তখন তোরা দেখবি।

এখন আমি বোরকা পরিছি তো। আরে আমার বিয়ে হতে দে তারপর দেখবি। কত ডিজাইনের ডিজাইনের পোশাক পরিধান করব।

তখন তোরা প্রত্যেকটা দিন কতটা কান্না করবি দেখবি।

আমার বিয়ে হবে যখন তোদের প্রত্যেকজনকে ডাকবো।

এসব বলতে বলতে সুহানা হালকা কান্না কান্না স্বরে বলল এভাবেই মানুষের স্বপ্নগুলো শেষ হয়ে যায়।

পৃথিবীতে সব সময় ভালো মানুষের সাথেই খারাপ হয়।

দেখো কত কি স্বপ্ন দেখেছ আজ পরিণতিটা দেখছো।

আমি ওকে যখন জিজ্ঞাসা করলাম তুই খুশি আছিস এখানে। কি উত্তর দিলে শুনবে বলছে

আরে আমি যা স্বপ্ন দেখেছিলাম তার চেয়েও ভালো ছেলে পেয়েনিয়েছি। আমি ওকে বললাম তোর সত্যি কোন সমস্যা হয় না।

ও বলল একদম না।

সত্যি মেয়েটা অদ্ভুত।

এত কষ্টের পরও কখনো হাল ছাড়িনি।

এসব বলে ওর বান্ধবী চলে গেল।

সোহানা কে এগিয়ে দিয়ে এলাম। এসে দেখে আরিয়ার দিকে চোখ পড়তেই মনে হলো ওকে জড়িয়ে ধরে আর বলি আমি আছি তো।

# 17

# চলনা পড়াশোনা করি

আরিয়ার কাছে গিয়ে বললাম আমি তোমাকে একটা কথা বলব রাখবে। প্লিজ আবার পড়াশোনা করবে। প্লিজ না বল না।

না আরিয়া দীর্ঘশ্বাস ফেলে বলল।

কেন?

তুমি না করলে আমিও করব না। আরিয়া বলল।

আরে ইয়ার জেদ করিও না। একটু বোঝার চেষ্টা করো যদি আমিও পড়াশোনা শুরু করি তাহলে আমি তোমাকে পড়াতে পারবো না কারণ আমার কাছে অত টাকা নেই।

তোমার কি মনে হয় আমার বান্ধবী কেন এসেছিলে বলতো।

যখন স্কুলে পড়তাম বা হোস্টেলে থাকতাম তখন আমার বাবা-মা প্রচুর টাকা দিত আমি টাকা গুলো কখনো নষ্ট করতাম না। সে টাকাগুলো প্রত্যেকদিন জামা করতাম। কিন্তু হঠাৎ একদিন সুহানার বাবা প্রচন্ড অসুস্থ হওয়ায় ওর প্রচন্ডপয়সার প্রয়োজন পড়ে। আমি তখন সমস্ত টাকাটা সোহানাকে দিয়ে দিয়েছিলাম। আর বলেছিলাম আর যখন তোর অনেক টাকা হবে তখন দিস।কারণে টাকাগুলো আমি আমার ভালোবাসার মানুষটাকে দিব। আমার ছোট থেকে ছোট ছোট আনন্দ গুলো বিসর্জন দিয়ে টাকাগুলো আমি জমা করেছিলাম।

আজ তাই আমাকে দিতে এলো।

আমার মনে হয় দশ লক্ষ টাকায় আমাদের যত ইচ্ছা তত পড়াশোনা করা যাবে।

আর তুমিও যদি পড়াশোনা করো তাহলে আমার এত দিনের বিসর্জন গুলো সার্থক মনে হবে।

তুমিতো টাকাগুলো তোমার ভালোবাসার মানুষের জন্য রেখেছিলে। তাহলে আমাকে দিচ্ছ কেন।

জানো প্রত্যেকটা মেয়ে স্বপ্ন দেখে তার ভালোবাসার মানুষটা যেন তার বাবার মতো তাকে ভালোবাসে। কিন্তু তুমি আমায় যখন আমার বাবা-মা আর পৃথিবীর লোক আমাকে ত্যাগ করেছিল তখন তুমি আমার খেয়াল রেখেছিলে। নিজের মেয়ের চেয়েও বেশি। আমি তো একটা ভালোবাসার মানুষ চেয়েছিলাম কিন্তু আল্লাহ আমাকে স্বপ্নের ভালোবাসার মানুষ দিয়েছেন।

আরিয়ার এই কথাগুলো শুনে আমি ওখান থেকে চলে এলাম। বুঝতেই পারিনি কখন আমার চোখের জল বেরিয়ে গিয়েছে।

কারণ এটা আমি কখনো ভাবি নি।

আরে আমাকে আরিয়া সুপারহিরো মনে করে।। আমাকে ও আমার চেয়েও ভালো চিনে।

আমি নিচে নেমে এলাম। আর বললাম ঠিক আছে তাই।

আরিয়া আবার বলল তুমি আমার গার্জেন হিসেবে থাকবে ওখানে। আমি বললাম তোমার টাকা তুমি খরচ করবে।

ও বলল টাকাগুলো আজ থেকে তোমার।

আমি কিছু বললাম না।

আমি সকালে ঘুম থেকে উঠে প্রথমে তামিমের দোকানে গেলাম আর বললাম ভাই আমি আজ থেকে এখানে আর কাজ করবোনা। প্লিজ কিছু মনে করিস না।

তামিম বললো ঠিক আছে। তবে এটা মনে রাখবি তোর একটা বন্ধু আছে যখনই তোর কোন প্রয়োজন বোধ করবে বিনাদ্বিধায় আমার কাছে চলে আসবি।।

আমি বললাম আচ্ছা ঠিক আছে। তারপর স্কুলে গেলাম স্কুলে দেখে আমাকে সবাই বেশ অবাক হলো। তারপর জিজ্ঞাসা করল হঠাৎ এখানে আমি বললাম স্যার আমি এখানে ভর্তি হতে এসেছি। আমি আমার বাকি পড়া করতে চাই।

স্যার খুব খুশি হলেন। আমি আমার ও আরিয়ার সার্টিফিকেটগুলো দিয়ে বললাম স্যার আমরা দুজনে ভর্তি হব।

স্যার আরো বেশী খুশী হলেন।

স্যার তবে বললেন দেখো আরিয়ার জন্য স্কুল আসতে একটু অসুবিধা হবে। কারণ স্কুলের ছেলেরা ওকে নিয়ে খারাপ মন্তব্য করবে।

স্যার বলল তবে তুমি চিন্তা করো না আমি ব্যবস্থা করে দিব। একটা ওর ক্লাসের মেয়েকে একটু দায়িত্ব দিয়ে রাখব যেন কেউ কিছু না বলার সুযোগ পায়।

স্যারকে আমি অনেক ধন্যবাদ দিলাম।

কালকে আবার স্কুল যাব ভাবতেই ভালো লাগছে। আরিয়া আমাকে বলল আজকের পর থেকে আমাদের রুটিন ফলো করে চলতে হবে।

দিনের শেষে আজ সারাদিন কি পড়লে সেটা আমি ধরবো।

আর আমি কি পড়াশোনা করলাম সেটা তুমি ধরবে।

মাথা নেড়ে বললাম ঠিক আছে।

সকালে যথাসময়ে আমি আর আরিয়া স্কুল যাওয়ার জন্য তৈরি হয়ে গেলাম।।

আরিয়া স্কুল ড্রেস পড়ে বেরিয়ে আসতেই।বিশ্বাস করুন তানিয়া অনেকবার বলেছিল যে ওর ছোটবোন কতটা সুন্দর। আজ প্রথম বুঝতে পারলাম এতগুলো ছেলে ওকে প্রপোজ করার কারণ।

তানিয়া এমনিতেই দেখতে অনেক সুন্দর। ওর বোন ওর চেয়ে কয়েক শ গুণ বেশি সুন্দর। যে কোন ছেলেকে পাগল করে দেওয়ার জন্য যথেষ্ট। ওর সৌন্দর্য বর্ণনা করার জন্য যেকোনো ডিকশনারি কম পড়ে যাবে।

আবে এত সুন্দর কেউ কি করে হতে পারে।

ও আর আমি স্কুলে পোঁছে গেলাম।প্রথমে স্যারের সাথে দেখা করলাম তারপর একজনকে ডেকে পাঠালেন। ওর নাম ফারিয়া ও ক্লাস টেনের ফার্স্ট গার্ল।

স্যার ওকে বলল এই মেয়েটার দায়িত্ব তোমাকে দিলাম একে সব সময় নিজের কাছে রাখবে। কেউ কোন ভাবে একে বিরক্ত করলে আমাকে বলবে। তারপর আরিয়ার হাত ধরে ফারিয়া চলে গেল।

আমি শিক্ষক মহাশয় কে অনেক ধন্যবাদ জানালাম। স্যার বললেন দেখো জীবনে সবাই দুবার সুযোগ পায় না তুমি পেয়েছো, তাই এটাকে মন দিয়ে কাজে লাগাও।

আমি অবশ্যই চেষ্টা করব স্যার।

স্কুল শেষ হতেই ফারিয়া ওকে আমার কাছে এনে বলল আমি আসছি।

আর এর সবই তো পড়া আছে। স্যার যেটা প্রশ্ন করছেন সেটাই তো পারছে।

হালকা হাসি দিয়ে আমি আর আরিয়া বাড়ি চলে এলাম। বেশ কিছুদিন এভাবে চলার পর বুঝতে পারলাম। চাইলেও পড়াশোনা করতে পারছি না।আপনি যদি একবার পড়াশোনা ছেড়ে দেন তাহলে দ্বিতীয় বার শুরু করা সত্যি খুব মুশকিল। আপনি জানেন আপনাকে পড়তে হবে কিন্তু আপনি পারবেন না। না পড়ে পড়ে একটা অভ্যাসে পরিণত হয়ে গিয়েছে। আর যখন আপনার অভ্যাসে পরিণত হয়ে যাবে তখন আপনার কাছে পাঁচটা মিনিট পড়তে বসা অনেক মুশকিল হয়ে পড়বে।

আমি সিলেবাস শেষ করতে পারছিনা। বুঝতে পারছি আর হবে না সত্যি আমার পড়াশোনা হবে না।

এটা ভাবতেই ভয় লাগতে লাগলো। কারন অনেক কষ্ট করার পর এরকম একটা সুযোগ পেয়েছি। এই সুযোগটা আমি নষ্ট করতে চাইনা।

সবচেয়ে বড় সমস্যা হয় কখন জানেন যখন আপনার লড়াইটা নিজের সাথে হয়। বাকি লোকেদের সাথে হলে আপনি যতক্ষণ নিজে হার মানবেন না ততখন আপনি হারবেন না। কিন্তু যখন আপনার লড়াইটা আপনার মধ্যেই তখন সেটাকে হারানো অনেকটা কঠিন হয়ে পড়ে।

আমি স্কুল যাই স্কুল থেকে বাড়ি আসি। কিন্তু কোন জিনিস ভালো লাগে না আমি নিজে বুঝতে পারছি যে আমার উপর বিশ্বাস করে প্রত্যেকটা মানুষকে আমি ধোঁকা দিচ্ছি।

আমি রাতের দিকে পড়তে বসে আছি হঠাৎ আরিয়া আমার কাছে এল এসে আমাকে বলল।

তুমি অনেক টেনশনে আছ তাইনা।আসলে তুমি নিজেকে বাকিদের সাথে তুলনা করতে শুরু করেছো। তোমার মনে হচ্ছে ওরা তোমার চেয়ে অনেক বেশি এগিয়ে আছে আর তুমি অনেকটা পিছিয়ে। আর এই জন্যই তুমি ওদের থেকে এগোতে পারছ না।

তোমার কম্পিটিশন বাকি ছেলেদের সাথে না। এবার এটা শুধু তোমার নিজের মধ্যে।

তোমার বেশি পড়া দরকার নাই দিনে প্রথম কয়েক দিন তুমি আধঘণ্টা করে পড়তে বস তার চেয়ে বেশি পড়া দরকার নেই।

বেশি পড়তে বসলেই যে পারবে তা তো নয়। এখন ধরো তোমার ইচ্ছা করছে না আর তুমি জোর করে বসে আছ তাতে তোমার পড়াশোনার প্রতি

খারাপ লাগবে। আর নিজেকে ব্যর্থ মনে হবে মনে হবে যে তুমি অনেকক্ষণ পড়েছ কিন্তু তুমি পারছো না।

আর দ্বিতীয় কথা যদি তোমার খারাপ রেজাল্ট হয় বা ফেল করো তাহলে কি হলো আবার চেষ্টা করব। আবার নতুনভাবে শুরু করব।

আমি আছি তো।

ইয়ার তুমি আমার কাছে সুপার হিরো।

এই পৃথিবীর সামনে তোমাকে প্রমান করার কিছু নেই।

তোমার রেজাল্ট কেমন হল না হল তাতে তুমি ছোট বা বড় কিছু হচ্ছ না।

তোমার রেজাল্ট তোমার সাফল্যের একটা রাস্তা মাত্র।

" ধরো তুমি কোন একটা জায়গায় যাবে। মাঝরাস্তায় সেই গাড়িটা খারাপ হয়ে গেল তাহলে কি তুমি সেই জায়গাটা যাওয়া বন্ধ করে দিবে। না অন্য একটা গাড়ি ধরে আবার সেই জায়গাটা যাওয়ার জন্য তৈরি হবে। এটা ঠিক একটু দেরি হবে হয়তো কিন্তু গন্তব্যে পৌঁছাবে তো"।

আরিয়ার এই কথাগুলো সব সত্যি আসলে আমরা সেটাই করি যেটা লোকে আমাদেরকে ভাবায়।

আমরা বুঝতেই পারিনা আমাদের উদ্দেশ্য কি ছিল। আর পরবর্তী আমাদের উদ্দেশ্য কি হয়ে যায়।

আরিয়ার কথাগুলো শুনে আমি আমি ওকে থ্যাংকস বললাম।

তারপর থেকে যতটা আমার ক্ষমতা সে অনুযায়ী আমি পড়তে শুরু করলাম। কখনো পড়তে ভালো না লাগলে উঠে পড়তাম।

তবে প্রত্যেকদিন আরিয়া আমাকে পড়া ধরতো।

সেই জন্য আমি সব সময় কিছু না কিছু পড়া দেওয়ার চেষ্টা করতাম। দেখতে দেখতে কখন বুঝতে পারিনি সিলেবাস শেষ করেই ফেলেছি।

আসলে আমাদের প্রথমে ভয় পাওয়ার কোনো প্রয়োজন নেই। আমরা যদি প্রথমেই ভয় পেয়ে যায় তাহলে আমরা ভুলে যাই আমাদের ক্ষমতা কতটা।

তখন আমরা ছোট থেকে ছোট কাজগুলো করতে পারিনা ঠিক ভাবে।

দেখতে দেখতে পরীক্ষার টাইম এগিয়ে এলো। আমার উষ্চ মাধ্যমিক পরীক্ষা আর আরিয়ার মাধ্যমিক পরীক্ষা।

যথারীতি সময় আমরা পরীক্ষা গুলো দিলাম। দেখবেন পরীক্ষাগুলো শেষ হওয়ার পর তিন মাস মত ছুটি থাকে।

তাই আমি সিদ্ধান্ত নিলাম আমি একটা বই লিখব। আসলে আমার ছোটো থেকেই ইচ্ছে ছিল যে আমি যেন কোন একটা বই লিখতে পারি।

# 18

# নতুন জীবনের শুরু

আর তাছাড়া আমার কাছে এখনো 9 লক্ষ 30 হাজার টাকার মতো আছে তাই ভাবলাম একটা রেস্টুরেন্ট করি।

আরিয়া কে বললাম আরিয়া রেষ্টুরেন্ট করবো ভাবছি।

আমি জানি আরিয়া কখনো আমাকে বারণ করবে না।

ও মাথা নেড়ে বলল ঠিক আছে।

তাই আমি আমার বন্ধুটাকে বললাম বর্ধমানের একটা বাড়ি ভাড়া নে রেস্টুরেন্ট করব। ও আমাকে বলল আছে পেয়ে যাবে তবে মাসে 15000 টাকা করে ভাড়া দিতে হবে।

আমি বললাম ঠিক আছে।

রেস্টোরেন্ট খুললাম সাথে কিছু ছেলেকে লাগালাম কাজে। আমাকে পড়াশোনা করতে হবে।

যে ছেলেগুলো কে লাগালাম তারা বেশিরভাগই আমার বন্ধু।

ওরাআমাকে একটু বেশি পছন্দ করতো।

বিশ্বাস করলাম।

বাড়ি এসে আরিয়াকে বললাম তোমাকে যেতে হবে আজ। ও বলল আচ্ছা ঠিক আছে।

তারপরে আরিয়া কে রেস্টুরেন্টে নিয়ে গেলাম। আরিয়া গেটের সামনে দাঁড়াতে দেখল বড় করে লেখা আছে "আরিয়া"।

তারপর ওকে একজন কাঁচি ধরিয়ে বললো।

কাটেন।

আরিয়া ওর হাত থেকে কাচিটা নিয়ে ফিতেটা কেটে ভিতরে প্রবেশ করলো।

সব জায়গাতে শুধু আরিয়া লেখা আছে।

রেস্টুরেন্টে কিন্তু অনেক বড়।

দেখবেন জীবনে যখন আপনার কাছে কোন অপশন থাকবে না। এবং আপনি যেটা করছেন সেটা যদি আপনি ভালো করে না করেন তাহলে আপনার দুবেলা খাবার জুটবে না। তখন আপনি কাজগুলো এতটাই মন দিয়ে করবেন যেখানে আপনার ব্যর্থ হওয়ার কোন চান্স ই থাকবে না।

আমার ক্ষেত্রে রেস্টুরেন্টেও তাই। তাই প্রত্যেকটা জিনিস আমি খুব মন দিয়ে করেছি।

একদম পারফেক্ট রাখার চেষ্টা করেছি।

তারপর সেখান থেকে আমি আরারিয়া সব কে বিদায় জানিয়ে বাড়ি চলে আসি।

তারপর আমরা ঘুমিয়ে পড়ি।

তারপর দেখি ঘুম অবস্থায় আরিয়া আমার কপালে একটা হালকা করে চুমু দিল। ওর চুমুতে আমার ঘুমটা ভেঙে গেল । চোখ টা হালকা করে খুলতেই দেখি ওর মুখ একদম আমার মুখের কাছে তাই আমি আর চোখটা খুললাম না।

আমি একটা অপ্রীতিকর অবস্থায় পড়ে যেতাম।

তাই আর কিছু বললাম না ঘুমিয়ে পড়লাম।

সকাল বেলায় ঘুম থেকে উঠি আর মনে পড়ে আজ রেজাল্ট। তাই অনেকটা ভয় লাগছিল।

আজ ভয় লাগছে পাস না ফেল করব। বিশ্বাস করুন জীবনে কখনো আমার এ মনটা মনে হয়নি। তাকে বারবার মনে হত যে 90 এর উপরে পাবো তো। কিন্তু যখন আমরা একবার ফেল করে ফেলি। তখন আমার অনেক ভীতু হয়ে পড়ে সব দিক দিয়েই।

তখন আমাদের মাথার মধ্যে অনেক চিন্তা আসতে থাকে। আমাদের মধ্যে থাকা কনফিডেন্স গুলো আস্তে আস্তে কমতে থাকে। তখনশুধু আমরা ভাবি আমরা অনেকটা অযোগ্য তাই পাস করতে পারলেই যথেষ্ট।

তাই রেজাল্ট দেখতে ভয় লাগলো।

তাই বিছানায় উপুড় হয়ে ঘুমিয়ে পড়লাম। ভাবলাম থাক রেজাল্ট দেখব না।

বারবার আরিয়া আমার নাম ধরে ডাকায় ঘুম ভেঙে গেল।

উঠতে উঠতে আরিয়া বলল আরে ইয়ার তুমি উচ্চমাধ্যমিকে স্কুলে ফার্স্ট হয়েছো।

আর আমি মাধ্যমিকে 91 শতাংশ পেয়েছি।

ভাবা যায় আমাদের রেজাল্ট কত ভালো হয়েছে।

আমি বললাম সত্যি।

আমি বুঝতে পারছি না আমি কি অনুভূতি প্রকাশ করব। কারণ আপনি বারবার ব্যর্থ হওয়ার পর যখন সাফল্য অর্জন করবেন। তখন সেটা প্রকাশ করার মত আপনার কোন শব্দ থাকবে না।

আর এই রেজাল্ট টা খারাপ হওয়ার জন্য আমার বাবা-মা আমাকে ত্যাগ করেছে।

পৃথিবীর লোক অবহেলা করেছে।

আজ আমি অনেক খুশি। কিন্তু যে মানুষগুলোকে আমি রেজাল্টটা দেখাতে চাইতাম সে মানুষগুলো আর আমার সাথে নেই।

ওর হাত থেকে আমি আমার রেজাল্ট টা নিয়ে চুপচাপ ছাদের উপর চলে গেলাম।

রেজাল্টা কে অনেকক্ষণ দেখলাম। দেখলামএইকাগজের মধ্যে কি আছে যেটা মানুষের মূল্য বুঝায়। মানুষটা ব্যর্থ না সাকসেস সেটা শুধুমাত্র একটা কাগজ নির্ধারিত করে।

আমার চিৎকার করে বলতে ইচ্ছে করলো আমি পাশ করে গেছি।

আমি আর ব্যর্থ নয়।

আমি আর পাঁচটা ছেলের মত সাকসেস।

এক অদ্ভুত আনন্দ লাগছে। যেন মনে হচ্ছে এটাই আমি চেয়েছিলাম।

আমি নিচে আসতেই আমাকে বুকে জড়িয়ে নিলো আর বললো থ্যাংকস।

আমার মনে হলো আমি ওকে জড়িয়ে ধরি আর বলি অসংখ্য ধন্যবাদ সবকিছুর জন্য।

কিন্তু পারলাম না কারণ আমি ওর জন্য এখন অব্দি কিছুই করিনি। যা করেছে যেটা করেছে সবকিছু ও করেছে।

তাই আমি পারলাম না।

তারপর আরিয়া আমাকে বলল কাল স্যার আমাদের ডেকেছে।

যথারীতি সময় আমরা কাল স্কুল গেলাম। সবাই দেখছি আমাদেরকে কংগ্রাচুলেশন জানাচ্ছে।

কিন্তু সবার এই বলা জিনিসগুলো আমাকে কেন জানি না মিথ্যা মনে হচ্ছে কারণ এই মানুষগুলোই কিছুদিন আগে আমাকে ব্যর্থ বলছিল।

আজ এই মানুষগুলোই আমাকে আমার সাফল্যের জন্য আমাকে নিয়ে গর্ববোধ করছে।

স্যারের অফিসে ঢুকতেই স্যার বলল বাহ।

তোমরাদুজনেই তো অসাধারণ রেজাল্ট করেছো। আরিয়া কে স্যার বললেন তুমি তৃতীয় স্থান অধিকার করেছে।

তোমার গার্জেন আসেনি।

তখন আমি ভাবলাম স্যারকে বারণ করিএসব প্রশ্ন করতে। কিন্তু স্যার বলে বারণ করতে পারলাম না।

আরিয়া স্যারকে জিজ্ঞাসা করল কেন স্যার?

স্যার বললেন একটা সই করতে হতো।

আরিয়া বলল স্যার আছে তো। আমাকে দেখিয়ে বলল এইতো স্যার। স্যার আর কিছু না বলে চুপচাপ আমার দিকে কাগজ টা এগিয়ে দিয়ে বলল এখানে সই করো।

আমি চুপচাপ ওই জায়গাটায় সই করে দিলাম।

তারপর ওখান থেকে চলে এলাম।

আরিয়ার এই ব্যবহারটা আমাকে সত্যি বলতে মুগ্ধ করে দিয়েছে। আরিয়া আর আমি একটা রাস্তার পাশে দাঁড়ালাম।

তারপর আরিয়াকে আমি বললাম এক মিনিট।

বলে আমি এক কাপ কফি নিয়ে এলাম। তারপর ওর দিকে এগিয়ে দিলাম। ও এক চুমুক মারলো। তারপর ওর হাত থেকে কাপটা নিয়ে আমি একটা চুমুক মারলাম।

আরিয়া আমার দিকে তাকিয়ে মুচকি হাসলো। ওরমুচকি হাসিতে আমি জোরে জোরে হাসতে লাগলাম।

তারপর ওর ঘাড়ে হাত দিয়ে কফির কাপটা শেষ করলাম। শেষ করতে করতে আকাশের দিকে তাকাতে লাগলাম।

।তার সৌন্দর্য

তারপর বাড়ি চলে এলাম বাড়ি এসে আমরা ঘুমিয়ে পড়লাম। আমি ঘুম থেকে উঠে ব্রাশ করে এসে দেখে বিশ্বাস করুন। আরিয়া কে দেখতে কোন রাজকন্যার থেকে কম লাগছে না।

আরে এত সুন্দর কেউ কি করে হতে পারে। যখন ওর সাথে আমার প্রথম বিয়ে হয় তখন ওর পুরো মুখ ক্ষতবিক্ষত ছিল।

আস্তে আস্তে সবকিছু ঠিক হয়ে যাওয়ার পর বুঝতে পারলাম যে তানিয়া কেন বলতো ওর বোন ওর চেয়ে কয়েকগুন বেশি সুন্দর।

মনে হল যেন ওর মুখের দিকে ঘন্টার পর ঘন্টা তাকিয়ে থাকি। তারপর আমি আমার পকেট থেকে ফোনটা বার করে আরিয়ার ঘুমানো অবস্থায় ছবি তুলে নিলাম।

আগে আমার বিভিন্ন কিউট মেয়েদের ছবি ফোনের ওয়ালপেপারে রাখতাম। কিন্তু ছবিটা তোলার পর আমি ওয়ালপেপার রেখে দিলাম। এক অদ্ভুত ভালো লাগছে। ওর গায়ের রং প্রচন্ড ফর্সা হালকা লাল ও দুধের মত সাদা।

আসলে আমরা দুজনে সিদ্ধান্ত নিব আমরা কি নিয়ে পড়াশোনা করব। আমি তানিয়াদের কলেজে ভর্তি করলাম। এই কারণে ভর্তি হয়নি যে ওখানে তানিয়া আছে। বরং এ কারণে ভর্তি হয়েছি, যে কলেজ টা ভালো।

আমি ফিজিক্স অনার্স এ ভর্তি হলাম। আরারিয়া কে আমার কলেজের পাশে একটি স্কুল আছে সেখানে ওকে একাদশ শ্রেণিতে ভর্তি করলাম।

বাড়ি এসে ওকে বললাম। অনেকটা খুশি হয়ে গেল। কারণ ও আমাকে তুমি যে কলেজে পড়বে সেই কলেজের পাশে আমাকে ভর্তি করবে।

আমি সেটাই করলাম।

এখন আমার রেস্টুরেন্ট খুব ভালো চলে। বেশ নামকরা। আরিয়া ঘুমিয়ে আছে ওকে আমি হাত ধরে টেনে ওটাতে উঠে গেল।

তখন বাজে 11 টা মতো। ওকে আমি যে পোশাকটা আমি সেদিন কিনব ভেবেছিলাম সেই পোশাকটা ওর হাতে দিয়ে বললাম এটা তাড়াতাড়ি পড়ো।

সেটা পড়ে এলো পড়ে আসার পর। আমি ওকে একটা রেস্টুরেন্টের নিয়ে গেলাম। রেস্টুরেন্টে আমি আগে থেকেই বন্ধুদেরকে সবকিছু বলে রেখেছিলাম। একটা টেবিলের সমান কেক তারপর লেখা আছে হ্যাপি বার্থডে প্রিন্সেস।

রেস্টুরেন্টে ঢুকতেই চিৎকার করে বলতে লাগলাম হ্যাপি বার্থডে আরিয়া প্রিন্সেস।

তারপর হাতে চাকু ধরিয়ে কেকটা কাটতে বললাম। আজ আমার আরিয়ার বয়স 17।

কেক কাটাকাটির পর আরিয়া দেখতে পেল ওর অনেকগুলো বন্ধু এসেছে। সুহানা ও ফারিয়াকে ডেকেছিলাম।

তারপর ওর হাতে একটা স্কুটির চাবি দিয়ে বললাম এটা নাও। তারপর আঙুল দিয়ে বাইরে দাঁড়িয়ে থাকা স্কুটির দিকে ইশারা করলাম আর বললাম এটা তোমার জন্য।

আরিয়া সবার সামনে আমাকে জড়িয়ে ধরল আর বলল আই লাভ ইউ ইয়ার।

আমি একটু হতভম্ব হয়ে গেলাম বলতে গেলে আমি তৈরী ই ছিলাম না এরকম পরিস্থিতির জন্য।

তারপর ওর কানে কানে বললাম আজ থেকে তুমি আমাকে কলেজে রেখে আসবে তুমি আমার গার্জেন।

তারপর সবাই আরিয়া বলে বারবার চিৎকার করার জন্যআরিয়া জড়িয়ে ধরে ছিলো সেটা ছেড়ে দিলো এবং সে ফারিয়াকে নিয়ে গল্প করতে লাগল।

তখন আমাকে সোহানা বলল থ্যাংকস।

আমার বন্ধুরে এভাবেখেয়াল রাখার জন্য।

আমি কখনো বিশ্বাস করিনি কিন্তু আজ বিশ্বাস করতে তুমি সত্যিই অনেক ভালো।

আমি বললাম নানা আরিয়াআমার খেয়াল রাখছে।

আমিরাখছি কোথায়?

থ্যাংকস ইয়ার।

তারপর সোহানা সেখান থেকে চলে গেল।

আমি আরিয়া কে এতটা খুশি আগে কখনো দেখোনি।

একদম বাচ্চা মেয়ের মত।

বাচ্চা মেয়েরা যখন কোনো অনুষ্ঠানেই এলে যা করে। ঠিক তেমনটা করছে।

একদম পাগল মেয়ে।

কেন জানিনা তবে মনে হচ্ছে যেন আরিয়া এই ধরনের পাগলামী সব সময় করে।

আর ওর এই পাগলামি দেখার জন্য আমি পৃথিবীর সব কিছু করতে পারি।

আমি জানিনা ওর সাথে আমার সম্পর্কটা কি।

আমি এটাও জানি না আমি ওকে ভালোবাসি কিনা।

তবে আমার মনে হয় যেন আমি বুকে আগলে রাখি। পৃথিবীর সমস্ত খারাপ জিনিস থেকে বাঁচিয়ে রাখি।

ওরকষ্টগুলো যেন আমার হয়। আল্লাহ যেন ওর সমস্ত কষ্ট গুলো আমাকে দিয়ে দেয়।

আমি সবসময় হাসি দেখতে চাই।

আমি ওর প্রত্যেকটা স্বপ্নগুলো পূরণ করতে চাই। তার জন্য আমাকে যা করতে হবে আমি সেটা করতে রাজি আছি।

এখন সকাল 4 টা বাজছে।

ওর জন্মদিনের অনুষ্ঠান শেষ হওয়ার পর। ওকে বললাম স্কুটি টা চালাও কারণ আমি জানি ছোট থেকেই স্কুটি চালাতে জানে।

ও সেটা চালাতে শুরু করলো আর আমি পেছনে বসে থাকলাম। ও চুপচাপ আছে আর আমিও চুপচাপ।

এটা একটা অদ্ভুত আনন্দ। অনেক ভালো লাগছে। আরিয়ার চুলের সুগন্ধ আমাকে মুগ্ধ করেছে।

নেশা লাগছে।

কাল আমাদের কে আবার কলেজ যেতে হবে। তাই আমরা কলেজের স্কুল যাওয়ার জন্য তৈরি হয়ে গেলাম।

আরিয়া প্রথমে আমাকে কলেজে নামিয়ে ওর স্কুল চলে গেল।

আমি যেন প্রত্যেকটা দিন এই কলেজে ভর্তি হওয়ার জন্য অপেক্ষা করতাম। কিন্তু কখনো ভাবিনি' এতটা ভালো রেজাল্ট নিয়ে ভর্তি হব।

এভাবে বেশ কিছুদিন কলেজ করতে লাগলাম। আর আরিয়ার স্কুল করতে লাগলো।

# 19

# আমাদের করা সেরা fun

সেদিন আমি কলেজের ক্লাস করছি তারপর একজন ছেলে একজন ছেলেকে বলছে ভাই আমাদের কলেজের পাশের স্কুলে একটা খুব সুন্দর মেয়ে ভর্তি হয়েছে।

আমি ওদের কাছে গিয়ে জিজ্ঞাসা করলাম কে ভাই।

ওরা বললো আছে।

ওদের দুজনের মধ্যে একজন বলল আজ তোমাকে দেখাবো। আরিয়া কলেজের সামনে আসতেই ওরা বলে ওই মেয়েটা যেটা আসছে। আমি তাড়াতাড়ি কলেজে ঢুকে গেলাম। আরিয়া কে ফোন করলাম আর বললাম তুমি এগিয়ে যাও।

আরিয়া জিজ্ঞাসা করল কেন কি হয়েছে।

আমি বললাম সেরকম কিছু না।

আচ্ছা ঠিক আছে আমি যাচ্ছি।

তারপর আমি গাড়ি ধরে বাড়ি পৌছালাম।

আরিয়া কে বললাম আরে ইয়ার আমাদের কলেজের অনেক ছেলে তোমাকে ভালোবাসে।

ও বলল আরে স্কুলের অনেক ছেলে আমাকে প্রপোজ করেছে।

আমি বললাম তোমার মত সুন্দর মেয়ে ,এর আগে কখনো দেখেনি তো তাই।

এসব কিছু না আরিয়া আমাকে বলল।

আচ্ছা আরিয়া তোমার সবচেয়ে প্রিয় জিনিস কি?

রাত্রে বেলায় পুরো শহরটাকে ঘুরে দেখা।

বলতেইআমি বললাম ঠিক আছে তৈরী হয়ে নাও।

সত্যি।

আমি বললাম হ্যা।

আমি আরিয়া রাত্রের আমাদের শহর টা দেখতে কেমন লাগে সেটা দেখার জন্য বেরিয়ে পড়লাম।

আপনি রাত্রে বেলায় যদি কখনো নিজের শহরটাকে ঘুরে দেখেন তাহলে দেখবেন আপনাকে আপনার শহরটা নতুনভাবে ভালো লাগতে শুরু করবে।

আর আপনি ভাববেন এতদিন কেন আপনি শহরের এই সৌন্দর্য দেখেননি।

রাস্তা প্রায় ফাঁকা বললেই চলে দুই একটা গাড়ি মাঝেমধ্যে আসছে।

চারিদিক নিস্তব্ধ যেন শহরটা নতুনভাবে রাত্রে বেলায় সেজে ওঠে।

একটা কথা আছে মানুষ নাকি রাত্রে বেলায় বেশি রোমান্টিক হয়ে ওঠে।

আরিয়া আর আমি বাচ্চা বয়সে মিস করা শহরটা ঘুরে দেখা আজ পূর্ণ করলাম।

আসলে ভালো থাকতে গেলে আমাদের এত টাকা এত পয়সার কিছুর প্রয়োজন হয় না।

শুধু প্রয়োজন একজন ভালো মানুষ যে আপনার সাথে সাথ দেবে তাহলে যথেষ্ট।

তারপরে বাড়ি পৌছালাম এবং পৌঁছে সকালে যথাসময়ে কলেজে চলে এলাম।

কলেজ আলোচনা চলছে বন্ধুদের মধ্যে কে কেমন মেয়েদের বিয়ে করবে। তারমধ্যে যে ছেলেটা আরিয়া কে পছন্দ করে সে ছেলেটা বলে উঠলো।

আরে ঐ মেয়েটার সাথে কি তোমার বিয়ে হয় না তাহলে জীবনে কখনো কোন কষ্ট হবে না। এত সুন্দর আবার শুনেছি পড়াশোনাতেও নাকি ভালো।

পাশ থেকে আরেকজন বলল তুই পটাতে পারবিনা আমি পারবো।

ঠিক আছে যে আগে ওই মেয়েটাকে পটাতে পারবে সে আর যে হারবে তাকে সবকিছু দিতে হবে যা সে চাইবে।

দুজনেই রাজী হয়ে গেল।

আমি নামগুলো বলি তাহলে সুবিধা হবে একজনের নাম তনময় আর অন্যজনের নাম শুভ।

শুভ আমাকে বলে উঠল আজতুইও যাবি আমাদের সাথে।

আমি বললাম না ভাই আমি নাই এই সবে।

এভাবে বেশ কিছুদিন চলতে চলতে আমার কলেজের অনেকগুলো বন্ধু তৈরি হয়ে গেল। তারমধ্যে দু-তিনজন মেয়েবন্ধু তৈরি হয়ে গেল।

তার মধ্যে একজন আনিসা নামে এক মেয়ে আমার সাথে খুব বেশি কথা বলতো।

আমি বুঝতে পারতাম সে আমাকে ভালোবাসে। কিন্তু আমি খুব একটা বেশি তার সাথে কথা বলতাম না।

ঐদিকে আরিয়ার অনেক বন্ধু তৈরি হতে শুরু করল। আমি আমার কলেজের যা ঘটতো সেই গল্পগুলো শোনাতাম।

আর ওর ইস্কুলের যা যা ঘটনা ওর সাথে ঘটতো তা সবকিছু আমাকে এসে বলত।

যেমন কোন ছেলে প্রপোজ করছে কিনা বা আমি ওকে শোনাতাম আমাদের কলেজের ছেলের ওকে নিয়ে কে কি বলে।

দিয়ে আমরা একে অপরে হাসাহাসি করতাম।

শুভ আজকে কলেজে এসে আমাকে বলল ভাই মেয়েটার নাম জানতে পেরে গেছি। সবাই আগ্রহের সাথে ওর কাছে গেলাম আর ওকে জিজ্ঞাসা করলাম কি নাম ভাই?

আরিয়া আরিয়া....... কত সুন্দর তাই না।

আরিয়া প্লাস শুভ কত সুন্দর লাগছে।

আরে এরকম বউ পেলে আমার মা প্রচন্ড খুশি হয়ে যাবে।

আমাদের কবে যে বিয়ে হবে শুভর এসব কথা শুনে আমরা সবাই হাসাহাসি করতে লাগলাম।

শুভ একজনকে জিজ্ঞাসা করল ভাই পাবোতো।

ওর সাথে আমার বিয়ে হবে তো।

আজ থেকে একজন বলল ভাই তোরা একে অপরের জন্য তৈরি। এটা উপরওয়ালার তৈরি করা।

আমি কখনো ভাবি নি এত সুন্দর অনেকগুলো বন্ধু পাব। এত ভাল ভাল বন্ধু পাব।

আজ প্রথম সেমিস্টারের পরীক্ষা আর পরীক্ষার রেজাল্ট বের হতেই সবাই আমার কাছে এসে ভাই তুই এত পড়াশোনায় ভালো।

তুই ফাস্ট।

তুই এত ট্যালেন্টেড আগে জানতাম না।

শুভ বলল।

আমি কলেজ থেকে রেজাল্ট টা নিয়ে বললাম আসছি।

কলেজ থেকে বেরিয়ে পড়লাম। বেরিয়ে আরিয়ার স্কুলের সামনে দেখি দাঁড়িয়ে আছে।

আমি বললাম আরিয়া তুমি এখানে কি করছ। আরিয়া বলল আমি জানি তোমার আজকে রেজাল্ট আছে আর সেটা তুমি আমাকে প্রথম জানাবে।

তাই আমি আগে থেকেই বের হয়ে ছিলাম।

থ্যাংকস ইয়ার। আমি কখনো ভাবি নি আমার এত ভালো রেজাল্ট হবে। আমার জন্য যা কিছু করেছ সবকিছু জন্য ধন্যবাদ।

আরে বলল আমি তোমার জন্য করিনি আমি আমাদের জন্য করেছি।

আমি আমার হাত দুটো ওর গালে রাখলাম। আর ওকে আমার মুখের সামনে রেখে ওর মুখের দিকে তাকালাম।

এত সুন্দর এত পবিত্র একটা মুখ জাতিকে তাকে আমি সারাটা জীবন পার করে দিতে পারি।

আজ আমি ওকে যা বলে যেটা বলে ধন্যবাদ জানাই সেটাই কম হয়ে যাবে। আমার মাথার মধ্যে পুরো ডিকশনারি ঘটছে কিন্তু এমন একটা শব্দ খুঁজে পাচ্ছি না যেটাতে আমি ওর সৌন্দর্য বর্ণনা করতে পারি।

আরিয়া আমাকে জড়িয়ে ধরল। জড়িয়ে ধরাকে মনে হল যেন আমার মধ্যে যে পাথরটা এতদিন ধরে জমে ছিল। সেটা একদম হালকা হয়ে গেল।

বাল তুমি কতটা সেন্টি টাইপের ছেলে বলতো।

আরিয়ার এই কথাটা আমাকে হাসতে বাধ্য করলো।

এই প্রথম আরিয়ার হাতটা আমি ধরলাম। ওর হাতটা ধরে অনেকটা পথ আমরা হাঁটলাম আমার কেন জানিনা মনে হলো প্রত্যেকটা পায়ের ধাপ সাফল্যের, ভালোবাসার ও বিশ্বাসের।

তারপর আরিয়া আমাকে স্কুটির চাবিটা দিয়ে বলল আজ তুমি চালাবে।

ওর কথায় আমি স্কুটি স্টার্ট দিলাম। কিছুটা পথ যাওয়ার পর। দেখলাম আরিয়া আমাকে পিছন দিক থেকে জড়িয়ে ধরল এবং আমার কাঁধে মাথা দিয়ে ঘুমিয়ে পড়ল। বুঝতে পারলাম এটা স্বস্তির।

বাড়ির সামনে আসতেই দেখলাম ওর ঘুম ভাঙেনি। তাই আমি ওকে কোলে করে বিছানায় নিয়ে গেলাম। তারপর ওর পায়ের জুতোটা খুললাম।

তারপর ওর গায়ে একটা চাদর দিয়ে দিলাম। আর জুতোটা আর ওর ব্যাগটা যথা জায়গায় রেখে দিলাম।

তারপর ড্রয়ারটা খুলে আরিয়া আর আমার বিয়ের সার্টিফিকেট টা দেখলাম। দেখলাম সেখানে আমার ও আরিয়ার নাম লেখা আছে।

অদ্ভুত ভালোলাগা কাজ করলো। মুচকি হেসে আমি আরিয়ার দিকে তাকালাম।

তারপর আমিও শুয়ে পরলাম। আবার কলেজে যথাসময়ে চলে গেলাম। তারপর আবার দেখা হলো শুভ তনময় ওআনিসার সাথে।

এখন আমার প্রত্যেকদিন নতুন নতুন বন্ধু তৈরি হচ্ছে। স্যারেরাআমাকে চিনছেন। আমি এখন কলেজের ফার্স্ট বয়।

কিন্তু আমার এসবে খুব একটা কিছু যায় আসে না এখন আর। আমার শুধু যায় আসে আরিয়া আমার জন্য কিভাবে।

তার চেয়ে বেশি আমার কোনো চিন্তা নেই। এমনকি কেউ আমাকে নিয়ে খারাপ কিছু বললেও আমার খুব একটা খারাপ লাগে না।

আনিসা অনেকে স্মার্ট। অনেক বেশি মর্ডান। কলেজের অনেক ছেলে ওকে খুব পছন্দ করে। আমাকে সব সময় জিজ্ঞাসা করে আমার কেমন ছেলে পছন্দ। আমি ওর হাবভাব দেখে বুঝতে পারি ও আমাকে ভালোবাসে।

একদিন হঠাৎ দেখি কলেজের শেষে সব ছেলে ঘর থেকে না বেরিয়ে দাঁড়িয়ে আছে।

আমি ঘর থেকে বের হতেই শুভ আমাকে বারণ করল। দাঁড়া তোর জন্য সারপ্রাইজ আছে।

তারপর আনিস আমার কাছে এসে বলল।

জানিস m om iআমাকে অনেক ছেলে পছন্দ করে। আমাকে কলেজের অনেক ছেলেই ভালোবাসে। কিন্তু আমি শুধু তোকে ভালোবাসি। আর আমার চেয়ে কেউ তোকে ভালোবাসবে না।

আই লাভ ইউ সো মাচ।

সবাই খুব চিৎকার করে হাততালি দিতে লাগল। আমি স্তব্ধ। তারপর সেখান থেকে আমি চলে গেলাম।

আনিসা চিৎকার করে বলতে লাগল তোর হলো টা কি?

আমি বললাম আমার ভালো লাগছে না আমি আসছি।

আমি জানি আনিসা খুব রাগী।

তাই যা মনে হয় সেটা করতে পারে।

আমি বুঝতে পারলাম সবাই আমার প্রতি খুব বিরক্ত হয়ে উঠল। কিন্তু আমার কিছু করার নেই। পরদিন আবার কলেজে এলাম। দেখলাম আমার সাথে শুভ বা আনিসা কেউ কথা বলছে না।

তাদের কাছে যেতেই তারা ইগনোর করে ওখান থেকে চলে গেল।

আমিও খুব একটা কিছু বললাম না। কারণ ওদের দিক থেকে ওরা যেটা করছে সেটা সঠিক। আর আমি আমার দিক থেকে যেটা করছি সেটাও সঠিক। শুধু পরিস্থিতি টা খারাপ।

জীবনে এমন অনেক পরিস্থিতি আসবে যে পরিস্থিতিতে আপনি সঠিক থাকা সত্ত্বেও কাউকে প্রমাণ করতে পারবেন না যে আপনার কোন দোষ নেই।

আজকের পরিস্থিতি টা ঠিক আমার জন্য তাই।

আমারও কিছু প্রমাণ করার নেই।

বেশকিছুদিন কাটার পর। কলেজের বন্ধুদের কাছে শুনতে পেলাম যে আরিয়া দের স্কুলে অ্যানুয়াল ফাংশন আছে কিছুদিনের মধ্যে।

সবাই খুব এক্সাইটেড।

দেখলাম আনিসা শুভ ও তনময় গল্প করছে যে আরিয়া কে দেখতে পাবো। আমি ওদের কাছে যেতেই আবার সরে গেল।

আমি বুঝতে পারলাম ওরা আমার উপর একটু বেশি রেগে আছে। তাইকিছু না বলে চলে গেলাম।

বাড়ি পৌঁছে আমাকে আরিয়া ওদের অনুষ্ঠানের কথা বলল। দিয়ে বলল আমি ভাবছি নাচে নাম দেব।

আমি বললাম হ্যাঁ অবশ্যই।

আমি চাই যে আরিয়া তার স্বাভাবিক অবস্থায় ফিরে আসুক। আরিয়া যত মানুষের সাথে মিশবে ততই ওর জন্য ভালো।

তাই আমিও না করলাম না। আর তাছাড়া ওর যেজিনিসগুলোতে আনন্দ লাগবে ,সেই জিনিস গুলো আমি কখনো বাঁধা দিবো না।

আরিয়া বেশ খুশি হয়ে উঠল। বাচ্চা মেয়ের মত নাচানাচি করতে লাগল।

আমাকে একটা কাগজ দিয়ে বলল এই পোশাকগুলো লাগবে।

এর আগে আরিয়া কখনোই ওর প্রয়োজনীয় কোন জিনিস আমার কাছে চাইনি। এই প্রথম চাইল। আমাকে বেশ ভালো লাগলো।

কারণ এখন আমাদের আর্থিক অবস্থা যথেষ্ট ভালো। তাই হয়তো আরিয়া আমাকে বলল।

আমি ওর দেওয়া লিস্টের সমস্ত পোশাক আশাক কিনলাম। তারপর ওর জন্য আরও আমার পছন্দের বেশ কিছু পোষাক কিনলাম।

কিনে ওর হাতে দিলাম। বাচ্চা মেয়েকে যদি কোন জিনিস দেয়া হয় তাহলে ঠিক যতটা খুশি হয় ও ঠিক ততটাই খুশি হলো।

ওর হাসি আমার হাজার ব্যস্ততার মাঝে হাসির কারণ।

আজ অনুষ্ঠানের দিন। আরিয়া কে আমি বললাম প্রথমে একবার কলেজ যাব। তারপর এমনিতেই আমাদের কলেজ আজ একটা ক্লাসের পর ছুটি দিয়ে দিবে।

তারপর তোমার সাথে দেখা করবো ওখানে।

কলেজে ঢুকিয় দেখি দেখে মনে হচ্ছে পাশের স্কুলের অনুষ্ঠান কম আমাদের কলেজে অনুষ্ঠানটা হচ্ছে।

সবাই নতুন নতুন পোশাক আশাক।সবাই তাদের জীবনের সবচেয়ে ভালো পোশাকটা পরিধান করেছে।

আরে শুভ আর তনময় ওর বাড়ির যত পারফিউম ছিল সব মেখে এসেছে। কিন্তু আমার সাথে এখনোও কথা বলাবলি বন্ধ।

আমাদের কলেজে একটা ক্লাস হওয়ার পর কলেজ ছুটি দিয়ে দিল। সবাই আনন্দের সহিত পাশের স্কুলে গেল। আমিও তাদের সাথে গেলাম।

চারিদিকেআলোতে আলোকিত। অনেক সুন্দর লাগছে। আমরা স্টেজ এর একটা চেয়ারে বসলাম। আমরা দেরি করে এসেছিলাম তাই আমরা পেছনে বসে ছিলাম। আমার একটু পাশেই আনিশা ও শুভ এবং ওর বন্ধুরা বসেছিল। আরিয়ার নাম ড্যান্সের জন্য ঘোষণা করায় সবাই হাততালি দিয়ে উঠল। আমি বুঝতে পারলাম ওকে ভালোবাসার মানুষ কতগুলো।

আরিয়ান ডান্স যতক্ষণ হতে লাগলো সবাই খুব হাততালি ও চেঁচামেচি করতে লাগলো। এভাবে করতে করতে সবার অনুষ্ঠান শেষ হলো। এবং এবার পুরস্কার দেওয়ার পালা।

যথারীতি সবাইকে পুরস্কার দেওয়ার পর। ড্যান্সের দিক থেকে যখন আরিয়ার নাম করল। আরিয়া স্টেজ উঠলো। সবাই আবার চিৎকার করতে লাগলো। পাশে থেকে শুনতে পেলাম বিভিন্ন ছেলেরা চিৎকার করে বলছে ভাই তোরটা গেল। আমরা রাগায় না ছেলেদেরকে মেয়েদের নাম দিয়ে ঠিক তেমনটা করছে বিভিন্ন ছেলেরা তার বন্ধুদের কে।

আরিয়ার হাতে মাইক টা দিয়ে বলল। তোমার পরিবারের কেউ আসেনি। তাদের ব্যাপারে কিছু বল।

সবাই যেনঅপেক্ষা করছিল আরিয়ার পরিবারে ব্যাপারে জানার জন্য।

আরিয়া যা বলল সেটা হল।

আমি খুব সৌভাগ্যবান যে আমি এমন পরিবার পেয়েছি। আমার গার্জেন এখনো আমাকে বাচ্চা মেয়ের মতো খাইয়ে দেয়। ঘুম পাড়িয়ে দেয়। পড়া করিয়ে দেয়। আমি রাগ করলে আমার রাগ ভাঙ্গিয়ে দেয়। কখনো রাত্রে বেলায় ঘুরতে চাইলে পুরো রাত আমাকে শহরটা ঘুরে দেখায়।

আরিয়ার এই কথাগুলো শুনে সবাই হাততালি দিতে শুরু করে। আরিয়া স্টেজে সবার সামনে কান্না করতে লাগে। তখন স্টেজে থাকা স্যাররা জিজ্ঞাসা করলো তুমি তোমার পরিবারকে এতটা ভালোবাসো। কেসে তোমার মা না বাবা।

আরিয়া বলল আমার হাসবেন্ড।

স্যার তখন মাইকে বলল প্লিজ তুমি স্টিল চলে এসো।

আমি স্টেজে চলে গেলাম। গিয়ে আরিয়া কে জরিয়ে ধরলাম আর স্যারের কাছ থেকে পুরস্কার টা নিলাম। সরি স্যার একটু ইমোশনাল। তারপর আমি আমার হাত দিয়ে ওর চোখ মুছতে মুছতে বেরিয়ে এলাম।

বাইরে ওকে বুকে জড়িয়ে রাখলাম অনেকক্ষণ।

আমি বুঝতে পারলাম আরিয়াআমাকে কতটা ভালোবাসে।

দেখলাম শুভ ও তনময় বাইরে বেরিয়ে এলো। শুভ এসে দেখল আরিয়া আমার বুকে মাথা রেখে কান্না করছে।

শুভআমাকে বলল সরি ভাই।

আমি আরিয়াকে বললাম তোমার বয়ফ্রেন্ড এসেছে।

আরিয়া হাসতে লাগলো।

আমি বললাম শুভকে সরি ভাই আমরা আসলে মজা করছিলাম।

তোকে রাগানোর জন্য।

আসলে আরিয়া জানতো।

হালকা শুভ রাগ দেখিয়ে বলল। তুই আমাকে কত মিথ্যা মিথ্যা স্বপ্ন দেখিয়েছিস।

একবার তো বলতিস।

না ভাই তবে তুই সবচেয়ে বেশি আরিয়া কে ভালবাসিস।

আমি বললাম এত ফরমাল কথাবার্তা আর বলার দরকার নাই। আমার ওদের সাথে আবার মিল হয়ে গেল।

শুভকে বললাম আমার অনেক আবার মজা করব।

একটা কাজ কর না এই রবিবার। আনিসা তনময় ও তুই আমাদের বাড়ি আয় বন্ধু মিলে একটা পার্টি হবে।

শুভ বলল অবশ্যই কেন নয়।

ভাই আমাদের উপর রাগ করিস না আমরা বুঝতে পারিনি। শুভআমাকে বলল।

আমি বললাম আরে ইয়ার ছাড় না এসব কথা।

আমরা কিছু মনে করিনি।

আর তোদের উপর কেন রাগ করব।

একবারে দেখা হচ্ছে তাহলে রবিবারের দিন। তারপর তারা আমার কাছ থেকে বিদায় নিয়ে চলে গেল।

রবিবার ওদের জন্য আমরা তৈরী থাকলাম যে ওরা আসবে।

ঠিক সময়ে ওরা চলে এলো। তারপরে আমরা ওদের জন্য কিছু খাবার দাবার দিলাম।

তারপর শুভ আমাকে বলল ভাই কি করে।

তারপর আমি তাদেরকে আমাদের পুরো জার্নিটা বললাম।

বলার পর দেখলাম প্রত্যেককে অনেকটা ইমোশনাল হয়ে পড়েছে। দেখলাম আনিস একটু দূরে দাঁড়িয়ে আছে। আমি ওর কাছে গেলাম আর বললাম সরি ইয়ার সেদিনকার ব্যবহারের জন্য।

আনিসা বলল না না ভুলটা তো আমারই।

আমি আনিসাকে বললাম তুমি অনেক ভালো।

তুমি ভালো কাউকে অবশ্যই পাবে তবে তোমাকে ধৈর্য্য ধরতে হবে। অনেক লড়াই লড়তে হবে।

কিছু লড়াই হবে তোমার নিজের সাথে আর কিছু লড়াই হবে তোমার নিজের মানুষগুলোর সাথে। কিন্তু সবকিছু তোমাকেই করতে হবে।

দেখবে সবকিছু ঠিক হয়ে যাবে।

আনিসা মাথা নেড়ে বলল হ্যাঁ।

তবে তোমাদের সম্পর্কটা অসাধারণ।

ওইদিকে দেখছি শুভ আরিয়াকে বলল বোন আমাকে ক্ষমা করে দাও। আরিয়া বলল আরে আমরা এখন থেকে পরিবার।

তোমরা আমাদের বাড়ি আসবে আমরা তোমাদের বাড়ি যাবো।

ক্ষমা চেয়ে কি তুমি আমাদের তোমাদের বাড়ি যেতে বারণ করছ।

সত্যি আমরা জীবনে এর চেয়ে বেশি কিছু চাই। চাইনা।

তারপর ওরা আমাদের কাছ থেকে বিদায় নিল। আর ওরাআমাদের কে বলল এত সুন্দর একটা দিন উপহার দেওয়ার জন্য ধন্যবাদ।

এর মাঝে আমি অনেকগুলো বই লিখেছিলাম কিন্তু কোন বই সেরকম ভাবে মানুষের কাছে পৌঁছায়নি। তাই বইগুলো সেরকমভাবে বিক্রি হয়নি।

তাই আমি হাল ছেড়ে দিয়েছিলাম।

হঠাৎ দেখি বই প্রকাশক ফোন করেছে।

আমি ফোনটা রিসিভ করা মাত্রই। সে বলে ভাই তোমার বই পুরো ছড়িয়ে গেছে।

তুমি একজন সাকসেসফুল রাইটার হয়ে গেছো।

আর আজ তোমার বইটা কি আমরা আবার অফিশিয়ালি ভাবে নতুনভাবে সুন্দর করে সাজিয়ে প্রকাশ করব। যাতে বইটা আন্তর্জাতিক মানের হয়। তাই তোমাকে আসতে হবে।

# 20

# আমার আরিয়া

আমি আরিয়াকে বললাম তৈরি থেকো। আজ একটা দারুন জায়গায় যাব।

তারপর আমি আর আরিয়া ট্রেনে করে কলকাতার একটা হলে অনুষ্ঠান আছে সেখানে গেলাম।

গিয়ে দেখি আমার ছবি ও আমার বইয়ের ছবি চারিদিকে। আমি গেটের সামনে ঢুকতেই তারা হাততালি দিয়ে আমাকে সংবদন জানিয়ে। আমার জায়গাই আমাকে বসতে বললেন। তারপর স্টেজে একজন আমার বইটা সম্পর্কে অনেক কথা বলল তারপর বলল। এবার আপনাদের সামনে আসবে এই বইটির লেখক মমিনুল।

আমি স্টেজে উঠে মাইক টা হাতে নিয়ে বললাম, থ্যাংকস আমাকে কিছু বলতে দেওয়ার জন্য।

আজ হয়তো আপনারা আমাকে বলছেন আমি সাকসেসফুল একজন ব্যক্তি। বিশ্বাস করুন এই জায়গাটা আসার জন্য আমি কি পরিমান পরিশ্রম করেছি সেটা কল্পনার বাইরে। বারবার মনে হয়েছে আর পারবোনা। কিন্তু আবার একজনের মুখের দিকে তাকিয়ে আবার মনে হয়েছে আমাকে করতেই হবে।

আমি এর আগে অনেকগুলো বই লিখেছি কিন্তু কোন বই সেরকমভাবে চলেনি।

কিন্তু একজনের কথা যতবার মনে পড়েছে ততবার নতুনভাবে আমাকে বাঁচার কারণ দিয়েছে।

এই বইটি আপনারা কেন পড়বেন? অনেকে প্রশ্ন করতে পারেন।

এই বইটি আপনার এই কারণে পড়বেন।

আপনারা যেন বুঝতে পারেন যে মানুষগুলো আপনাদেরকে ছেড়ে চলে গেছে আসলে সেই মানুষগুলো আপনার কখনো ছিল না।

আপনি জোর করে তাদেরকে নিজের কাছে পাওয়ার চেষ্টা করেছেন।

এই বইটি আপনারা এই কারণে পড়বেন কারণ এই বইটি পড়লে আপনারা জানতে পারবেন কতটা ভালবাসলে মানুষ আপনার কাছে থাকবে?

আদৌ কি কোন মানুষকে, নিজের কাছে আটকে রাখা যায়।

না আমরা আটকে রাখার বৃথা চেষ্টা করি।

আপনাদেরকে নিজের ভালোবাসার মানুষটিকে খুঁজতে সাহায্য করবে এই বইটি।

একটা মেয়ে আমাকে অনেক ভালোবাসে। সে আমাকে অনেকবার বলেছে সে আমাকে কতটা ভালোবাসে। কিন্তু আমি কখনো বলতে পারিনি । সে আমাকে অনেকবার বুঝিয়ে দিয়েছে আমি তার জন্য কতটা গুরুত্বপূর্ণ। কিন্তু আমি কখনো বোঝাতে পারিনি।

আজসেসুযোগটাপেয়েছি,এইসুযোগটাসবাইপায়না।

বিশ্বাস করো যখন তানিয়া আমার জীবন থেকে চলে যায়, তখন ভেবেছিলাম যাকে পৃথিবীর সবচেয়ে বেশি ভালোবাসলাম সে আমাকে ছেড়ে চলে গেল।

তখন মনে হতে লাগলো ভালোবাসা মিথ্যা। এই পৃথিবীর প্রত্যেকটা মানুষ শুধুমাত্র আমাদের সাথে অভিনয় করে। যখন আমার বাবা-মা আমার সাথে ছেড়ে দেয় তখন আমার বেঁচে থাকার আর কোন উদ্দেশ্য থাকে না। আমার মনে হতো তানিয়া এই পৃথিবীর সবচেয়ে সুন্দর মেয়ে। মনে হতো তোমার ভালোবাসা যদি পবিত্র থাকে। তুমি যদি কাউকে মন দিয়ে ভালোবাসো তাহলে শুধু তোমাকে ধোকা পেতে হবে পৃথিবীতে।

মনে হয়েছিল ,যেই মেয়েটাকেসবকিছু দিয়ে ভালোবেসে ছিলাম। সেই তো আমাকে ছেড়ে দিয়েছে।

কিন্তু আস্তে আস্তে যখন তোমাকে দেখলাম, তোমার সাথে থাকতে শুরু করলাম। তুমি আমার প্রত্যেকটা সিদ্ধান্ত ভুল প্রমাণ করে দিয়েছো।

নতুনভাবে জীবন যদি দ্বিতীয়বার শুরু করা যায়, তাহলে জীবনটা আগের চেয়ে অনেক বেশি স্বপ্নের মনে হবে।

আমার কাছে আগে সুন্দর্য মানে চেহারা ছিল কিন্তু আজ আমার কাছে সৌন্দর্য মানে পবিত্রতা বিশ্বাস ও ভরসা এগুলো বুঝায়। তোমাকে যতবার

দেখি ততবার নতুন করে বেঁচে থাকার কারণ খুঁজে পায়। আগে শুধু আমাকে ভালো থাকতে ইচ্ছা করত এখন আমাকে তোমাকে ভালো রাখতে ইচ্ছে করে। যতক্ষণ তুমি ভালো থাকো ততক্ষণ আমাকে সবচেয়ে বেশি ভালো লাগে। আর এটা হচ্ছে সত্যি কারের ভালোবাসা।

আমার হাতটা শক্ত করে ধরার জন্য ধন্যবাদ।

আরিয়া আমি তোমার পৃথিবীতে একটা জায়গা চাই। আমি তোমার হাত ধরে পৃথিবী ঘুরতে চাই।

তোমার হাতটাআমার বুকের উপর রেখে বাকি জীবনটা একসাথে পার করতে চায়।

আমি তোমাকে আমার জীবনের চেয়ে অনেক বেশি ভালোবাসি।

আই লাভ ইউ আরিয়া

সরি, আই লাভ ইউ মাই আরিয়া।

আর তোমার জন্যই আমি এই বইটার নাম দিয়েছি " আরিয়া মাই লাভ"

দেখলাম সবাই হাততালি দিতে শুরু করলো।

তারপর আমি স্টেজ থেকে নেমে বাড়ি চলে এলাম।

যে আমাদেরকে ভালোবাসে। তারা শুধুমাত্র আমাদের কাছ থেকে শুধু একটু সম্মান একটু বিশ্বাস আর একটু ভালবাসা চায়। তার চেয়ে বেশি তাদের কিছু চাওয়া নেই। আর আমরা এই সামান্য জিনিসটা না দিয়ে ভাবি আমরা অনেক বেশি ভালোবাসি সামনের জনকে।

# 21

# বুকের মাঝে

আমরা ট্রেনে আসছিলাম। আরিয়া আমার বুকের উপর মাথা রেখে ঘুমিয়ে আছে। আর আমি তাকে জড়িয়ে ধরে ঘুমিয়ে আছি।

আজ আর ওকে জড়িয়ে ধরতে ভয় লাগল না। আজ মনে হলো আমার।

আমার আরিয়া।

বিশ্বাস করুন জীবনে আমাদেরকে যখন কেউ ছেড়ে চলে যায়। তখন আমাদের অনেক কষ্ট হয়। আমাদের মনে হয় আমারা পৃথিবীর সমস্ত মানুষকে ঘেন্না করি।

আমাদের মানুষের সাথে মিশতে আর ভালো লাগেনা।

একটা মানুষ যখন আমাদেরকে ধোকা দেয়। তখন আমরা ভাবি আমাদের জন্য আর কেউ নয়।

আর আমরা ভাবি ভালোবাসা মাত্র একবারই হয়। তাহলে আপনি ভুল ভাবেন প্রত্যেকবারের ভালোবাসা আপনাকে বারবার মনে হয় আপনি প্রথমবার করছেন।

এটা একটা অদ্ভুত জিনিস।

এখন আমরা জানি একে অপরকে কতটা ভালোবাসি।

আমাকে এখন বিভিন্ন সেমিনারে ডাকে ভালোবাসা বিষয়ে বিষয়ে বক্তব্য দেওয়ার জন্য। সেজন্য আমাকে যথেষ্ট পরিমান পেমেন্ট করে।

আমি যেখানে যেখানে যাই সেখানে সেখানে আরিয়া কেআমি সাথে নিয়ে যায়। প্রথমে আমি সেমিনার করি।

তারপর ওই শহরটাকে আমি আরিয়া ঘুরে দেখি।

আমরা নতুন বাড়ি গাড়ি কিনেছিলেন। বাড়িটা পুরো আরিয়ার মনের মত করে সাজিয়েছি। ওর যেগুলো ভালো লাগে সবকিছুই বাড়ির মধ্যে আছে।

আমাদের বাড়িতে টিভি থাকা সত্ত্বেও আমরা বেশিরভাগ সময়টা একটা ফোনে দুজন মিলে সিনেমা দেখি।

আমাদের বাড়িতে অনেকগুলো কাপ আছে কিন্তু আমরা একটামাত্র কাপ ব্যবহার করি।

আমাদের বাড়িতে অনেকগুলো বাসনপত্র আছে বাথালাআছে কিন্তু আমরা মাত্র একটা থালা ব্যবহার করি।

যখন আমি কাজে ব্যস্ত থাকি তখন আমাকে আরিয়া নিজের হাতে খাইয়ে দেয়।

আরিয়া প্রায় নিজের হাতে খাওয়া ছেড়ে দিয়েছে। আমি এখন যদি খাইয়ে না দিয়। তাহলে খাবারটাও খাইনা।

ও এখন এতোটাই অলস। তবে আমাকে ভালোই লাগে।

আমাদের ফোনে কারো নাম্বার নেই শুধুমাত্র একে অপরের নাম্বার ছাড়া।

যদি আমাদের কেউ ফোন করে তাহলে সে ল্যান্ড নাম্বারে ফোন করে।

এভাবে আস্তে আস্তে আমি আমার কলেজের পড়া শেষ করলাম। আরিয়া উচ্চমাধ্যমিক পাশ করলো। তবে ও আমার কাজ দেখাশোনা করে।

আমাদের বাড়িটা এখন অনেকটা এরকম । আপনার বাড়িতে আপনার বাবা-মা নেই কোথাও বাইরে ঘুরতে গিয়েছে। আপনি আপনার ভাই বা বোনের সাথে ঘরটাকেকিভাবে তছনছ করেন।

ঠিক আমিও আরিয়া তাই করি।

আপনি যদি আমাদের ঘরে কখনো ঢুকেন তাহলে দেখবেন মনে হবে যে আপনি কোন বাচ্চা ছেলের ঘরে ঢুকেছে।

আরে আরিয়া বাচ্চা মেয়ের মত আমার সবসময় কোলে কোলে থাকে।

আমি ওকে অনেক ভালবাসি। নিজের চেয়ে বেশি।

আমি ওকে যখন স্পর্শ করি তখন প্রত্যেকবার মনে হয় প্রথমবার এর চেয়েও বেশি ভালো লাগে।

আমি বাড়ি ঢুকতেই দেখি আমার মা বাবা এসেছে।

অনেক অভিমান অনেক রাগ উঠলো।

কাছে গিয়ে বললাম কেন এসেছ?

আমার মা কিছু বলার আগে আরিয়া বলল আমি ডেকেছি। আরিয়া যদি পৃথিবীর সব ভুল করে তাও আমি ওকে কিছু বলবো না।

আমার মা জিজ্ঞাসা করল ভালো আছো।

কিছু উত্তর না দিয়ে চলে এলাম।

তারপর সবার

সবাই খাবার টেবিলে বসল। আমি ওখানে খেতে গেলাম না। আরিয়া আমার কাছে এসে বলল তুমি যাবে না।

আরিয়া তুমি অনেক ভালো তাই তুমি বুঝতে পারছ না। আমি উনাদেরকে অনেকবার বলেছিলাম। যে আমাকে বিপদ থেকে উদ্ধার করতে। করেননি।

আমার একজন মানুষের দরকার ছিল। যে আমার পাশে দাঁড়িয়ে আমাকে বলে চিন্তা নাই আমি আছি তো।

আরে ওরা বলে নি।

প্রত্যেকটা দিন ওরা যেটা চায় সেটাই করতাম।

তারপরে যখন আমি একবার ব্যর্থ হলাম তখনই আমাকে ফেলে দিল।

আরিয়া আমাকে বলল ওদের একবার পরিস্থিতি বোঝার চেষ্টা করো।

ওরা তোমাকে ছোট থেকে বাইরে পড়াশোনা করিয়েছে। ওদের অনেক কষ্ট লাগতো যখন তুমি বাইরে থাকতে। তাও ওরা এটা সহ্য করেছেন।

ওরা জানত তুমি ফেল করলে তুমি অনেক কষ্ট পাবে। তাই ওরা তোমাকে বকাবকি করেছিল।

তোমার কি মনে হয় ওরা তোমাকে ছেড়ে ভালো আছে।

একদমই না।

তুমি যখন প্রত্যেকটা দিন ওদের মিস করছো।

ওরা ঠিক তোমাকে প্রত্যেকটা দিন মিস করেছে।

আরিয়ার কথাগুলো শুনে আমি ঘর থেকে বেরিয়ে খাবার টেবিলে এলাম।

তারপর আমার বাবা আমাকে বলল। আমাকে ক্ষমা করে দে।

আমি তোকে আসলে বুঝতে পারিনি।

আমি তখন আমার বাবাকে বললাম।

তোমরা শুধু জানো তোমরা তোমাদের সন্তানকে খুব বেশি ভালোবাসো।

তোমরা তোমাদের সন্তানের জন্য সবকিছু করতে পারো।

কিন্তু তোমরা এটা জানো না যে, সন্তানরাও তার বাবা মার জন্য সবকিছু করতে পারে। সন্তানরাও তার বাবা-মাকে অনেক ভালোবাসে কিন্তু কখনো প্রকাশ করতে পারেনা।

কারণ এটা সিনেমার গল্প না যে বুকে জড়িয়ে ধরে বলবে বাবা তোমাকে অনেক ভালোবাসি।

কিন্তু বিশ্বাস করো সিনেমার চেয়েও একটা ছেলে তার বাবাকে ভালোবাসে।

আর তোমাকে ক্ষমা করার কথা বলছো। আমি তোমার উপর রাগ করতে পারি, কিন্তু তোমাকে ক্ষমা করার অধিকার আমার নেই।

কারণ তোমরা আমাদের দৃষ্টিতে কখনো ভুল করতেই পারো না। এসব কথা বলার পর হঠাৎ আমার বাবা বলতে শুরু করলেন।

একটা বাবা তার ছেলেকে কেন বকাবকি করে জানো?

কারণ আমরা যে পৃথিবীটাকে দেখেছি। সেই পৃথিবীতে অনেক কঠিন। সেখানকার মানুষগুলো অনেক খারাপ।সেখানে নিজেকে টিকিয়ে রাখা প্রতিনিয়ত যুদ্ধ করার মত। এখানে বেঁচে থাকাটা অনেক কঠিন একটা জিনিস। তাই আমরা বাবারা কখনোই চাইনা।যেই জীবনটা আমরা অতিবাহিত করেছি সেই জীবনটা আমাদের ছেলেরা যেন না করে। আমরা যে কষ্টটা পেয়েছি। বা প্রতিনিয়ত যে কষ্টটা পাই। সেটা আমাদের সন্তানরা যেন বুঝতে না পারে। তার জন্য আমরা তাদেরকে বিভিন্ন ভালো স্কুলে পড়াশোনা করাই। কারণটা এটা একমাত্র রাস্তা যেটা তোমাকে সুন্দর একটা ভবিষ্যৎ দিতে পারে।

তোমাদেরকে বকাবকি করার পর যে আমরা কতটা কষ্ট পাই। সেটা যদি তোমাদের কখনো বুঝাতে পারতাম। তাহলে তোমরা আমাদেরকে কখনোই প্রশ্নটাই করতে না।

অনেকদিনের বোঝা আজ মনে হল কমলো।

আরিয়া কে আবার ধন্যবাদ জানালাম।

আরে মেয়েটাকে যতবার ধন্যবাদ জানাবো কম। আগে ঘুমিয়ে থাকতেই হঠাৎ আমাকে 11:55 তে বলে উঠলো হ্যাপি বার্থডে।

তারপরে বেরিয়ে এসে দেখি টেবিলের উপর কেক রাখা আছে। আজ তোমার বাবা মাকে তোমার হাতে তুলে দেওয়া টা ছিল আমার তরফ থেকে তোমার জন্য গিফট।

আমি ছোট থেকে প্রত্যেকটা দিন অপেক্ষা করতাম কেউ একজন আমার জন্মদিন পালন করবে। বা আমার জন্য রাত জেগে অপেক্ষা করবে কখন বারোটা বাজবে আর আমাকে উইশ করবে।

আজকে আমার সেই ইচ্ছেটা পূরণ হলো।

তারপর আবার আমার বাবা-মা আমার কাছে ফিরে এলেন। রাতে জন্মদিন পালন করে। সকালে ঘুম থেকে উঠে দেখি আমার মা আরিয়া কেখাইয়ে দিচ্ছেন। আমি অনেক খুশি হলাম। যেন আমি এটা দেখতে আরিয়া আমার কাছে এল আর আমাকে বলল আজকে আমরা বাইরে ঘুরতে যাব।

পুরো পরিবার মিলে। আমি মাথা নেড়ে বললাম হ্যাঁ ঠিক আছে।

তাই আমি বিকেল হতে হতে বাড়ি ফিরে চলে এলাম। তার আগে দেখি আরিয়া এবং আমার মা ও বাবা তৈরি হয়ে আছে।

আমি আরিয়া ও আমার মা বাবা একসাথে গাড়িতে বসলাম। বিশ্বাস করুন যখন আমি ছোট ছিলাম তখন প্রত্যেকটা দিন ভাবতে হবে আমি আমার বাবা মার সাথে ঘুরতে যাব। আসলে এগুলো আমরা সিনেমায় দেখি কিন্তু বাস্তবে এগুলো করতে আমরা সাহস পায়না। বাস্তবে আমাদের বাবা মার সাথে এতটা ভাল সম্পর্ক থাকে না। তাই আমাদের প্রত্যেকের স্বপ্ন স্বপ্নই থেকে যায় । বা আমার সাথে আর কখনো ঘোড়া হয় না। নিজের মতো করে।

আরিয়া আমার মা-বাবাকে এমনভাবে পুরো বর্ধমান শহর টাকে ঘুরাচ্ছে যেমনটা প্রত্যেকটা দিন আমি স্বপ্ন দেখতাম।

আমার বাবা-মা সব সময় স্বপ্ন দেখতো যেন তাদের একটা মেয়ে হয়। আসলে সাধারণ মানুষেরা ভাবে তাদের ছেলেরা তাদের খেয়াল রাখবে না।

তাই অনেকে মেয়ে চাই।

আসলে মেয়েরা অনেক কিউট হয়।

ওরা একটু ভালোবাসা সবার কাছ থেকে চেয়ে নিতে পারে।

ছেলেরা তা পারে না।

তারপর হঠাৎ করে আরিয়া আমাকে বলল সিনেমা দেখব।

আমি বললাম বিশ্বাস করো বাবা জানলে মেরে ফেলবে আমাকে।

আরিয়া আমার বাবাকে বললো ‘বাবা চলেন সিনেমা দেখে আসি।

আমার বাবা একবারে রাজি হয়ে গেলেন।

আমি দেখে একটু অবাক হলাম।

এখন তাদের দেখে মনে হচ্ছে বাচ্চা ছেলে।

আমরা সিনেমা ও তারপর কিছু জামা কাপড় কেনার পর বাড়ি ফিরে এলাম।

এসে দেখি আরিয়া বলে আমি মা-বাবার কাছে ঘুমাবো।

প্লিজ।

আমি মাথা নেড়ে বললাম অবশ্যই।

বিশ্বাস করুন , একবারের জন্য মনে হচ্ছিল না যে ওটা আমার মা। মনে হচ্ছিল আরিয়ার মা এসেছে আমাদের বাড়ি বেড়াতে।

সম্পর্ক গুলো অতটাও কঠিন না। যতটা আমরা ভাবি।

আমাদের উপর ডিপেন্ড করছে আমরা জিনিস গুলো কে কেমন ভাবে নিব।

পরেরদিন বললাম আমিও তোমাদের সাথে ঘুমাবো। তারপর থেকে আমি আরিয়া মা বাবা একসাথে ঘুমাই।

একটা ছোট পরিবারের মতো। একটা সুন্দর পরিবারের মতো। একটা স্বপ্নে দেখা পরিবারের মতো।

আমি যতবার আরিয়াকে দেখি ততবার নতুন করে ভালোবাসার কারণ খুঁজে পায়। ওর প্রত্যেকটা জিনিস আমাকে ভালো লাগে। আমাকে কষ্ট দেওয়ার মত এমন কোন কাজ কখনো করে না। কখনো যদি বুঝতে পারে যে কাজটাই আমি কষ্ট পাবো তাহলে সে কাজটার কথা কখনও ভাবেও না।

আরিয়ার পোশাক আশাক গুলো স্পর্শ করতে ও আমাকে ভালো লাগে। আমি চাই আরিয়ার প্রত্যেকটা জিনিসের উপর শুধু আমার নাম লেখা থাকুক।

আরিয়া কে আমি কারো সাথে ভাগ করে নিতে চাই না।

আরিয়ার মুখের দিকে তাকিয়ে পুরো রাতটা কাটিয়ে দিতে ইচ্ছা করে।

বাড়িতে প্রত্যেকটা দিন সবসময় আনন্দ হয়।

কয়েকদিনের মধ্যে বর্ধমান থানার থানার বড় বাবুর মেয়ের বিয়ে আছে। তাই আমাদেরকে এবং বর্ধমান শহরের সব নামিদামি লোকেদেরকে ডেকেছেন।

আর আমাদেরকে প্রধান অতিথি হিসেবে ডেকেছে।

প্রথম প্রথম যাব না ভেবেছিলাম।

কিন্তু আরিয়া প্রচন্ড জোর করতে লাগে তাই আর না বলতে পারিনি।

আমি যেতে চাইনি কারণ আবার পুরনো সমস্ত বন্ধুর সাথে দেখা হবে। আর আমি সেটা চাইনা।

কারণ ওটা আমার জীবনের এমন একটা অধ্যায় যে অধ্যায়টা সবসময় ভুলতে চাই।

যদি আমার হাতে ক্ষমতা থাকতো তাহলে আমি আমার জীবন থেকে ওই অংশটা মুছে ফেলে দিতাম। কিন্তু যা আমরা চাই তাই কি সবসময় পাই।

তাই আরিয়াকে বললাম তবে একটা শর্ত।

ও বলল-কি। আমি বললাম তুমি আর আমি আমাদের পুরাতন কোন মানুষের সাথে কথা বলবো না।

ও একবার রাজি হয়ে গেল।

দেখতে দেখতে দিন টা চলে এলো।

আরিয়া কে রাজকন্যা রা পড়ে না ,ঐ ধরনের একটা পোষাক আমি কিনে নিয়েছিলাম ওর জন্য।

ওকে সেটা দিয়ে বললাম এটা তুমি পড়বে।

আমরা ওখানে গেলাম গিয়ে দেখলাম সবাই আমাদের জন্য অপেক্ষা করছে। আমরা ঢুকতেই আমাদের হাতে একটা করে ফুল দিয়ে অভিনন্দন জানালেন।

ওদের অভিনন্দন জানানো দেখে আমি বুঝতে পারলাম। অনুষ্ঠান টা অনেক বড় করে করেছে। নিজের একমাত্র মেয়ের বিয়ে বলে কথা খুব সুন্দর করে সবকিছু সাজিয়েছে। একদম পার্ফেক্ট ভাবে সাজিয়েছে।

আমাকে থানার বড়বাবু বললেন অসংখ্য ধন্যবাদ আমার কথা রাখার জন্য।

আমি বললাম আপনি যে আমাদেরকে এখানে আসার যোগ্য মনে করেছেন সেজন্য আমি আপনার কাছে ধন্যবাদ।

আসুন আসুন ভিতরে আসুন।

নিজের পরিবারের বিয়ে মনে করবেন কিন্তু। আমি বললাম আপনি একদমই চিন্তা করিয়েন না। আর আমাদেরকে নিয়ে একদমই ভাবতে হবে না।

আমরা কি খেলাম না খেলাম। কিছু চিন্তা করবেন না বরং আমাদের যদি কোন কাজ থাকে তাহলে আমাদেরকে বলবেন। আমরা সে কাজে হাত বাড়াবো।

থানার বড়বাবু বললেন আরে আপনি হচ্ছেন আমার প্রধান অতিথি।

আপনাকে আমি কখনো এসব কাজ করাতে পারি।

আমি বললাম ঠিক আছে তাহলে আমি আসছি।

আপনি আমাকে উঠাই ভাবতে থাকেন।

আপনি তো বললেন পরিবারের লোক ভাবতে। আর পরিবারের লোকেরা কখন খারাপ ভাবে।

আরে আমরা এখানে কথা বলতে লাগলে শেষ হবে না তারচেয়ে ভাল তোমরা ভিতরে এসো। ভিতরে ঢুকেই দেখি আনন্দ ও তানিয়া।

তার একটু পাশে দেখি মেয়র সাহেব আর উনার স্ত্রী।

তার একটু পাশে দেখি আমার সাথে যে সমস্ত বন্ধুরা কোচিংয়ে পড়াশোনা করত তারা প্রত্যেকে এসেছে।

আমি বুঝতে পারলাম বিয়ের কটা দিন আমার বেশ সমস্যা হবে।

আমি আরিয়ার হাতটা শক্ত করে ধরলাম।

তাকে উপরে নিয়ে গেলাম। তারপর আমরা থানার বড় বাবুর মেয়ের কাছে গেলাম। সে আমাদেরকে দেখেই বললো।

আরে আমি আপনাদের বিশাল বড় ফ্যান।

আপনার বই আমি অনেকবার পড়েছি। যত বার পড়েছি ততবার আমাকে আরিয়া কে দেখতে ইচ্ছা করেছে।

সত্যি তুমি বইয়ে চেয়েও বেশি সুন্দর।

আরে ডিয়ার তোমরা কত কিউট।

আরিয়া বলল আমরা অনেক মজা করব কিন্তু পুরো বিয়েতে। আমি কিন্তু তোমার সাথে থাকব। আমি বললাম আমরা কিন্তু তোমার বন্ধু।

বেস্ট ফ্রেন্ডের মত।

তারপর আমরা সুলতানের সাথে অনেকক্ষণ ধরে গল্প করতে লাগলাম। সুলতানা হলো থানার বড়বাবুর মেয়ে।

সুলতানার ভালোলাগা না লাগার গল্প করতে লাগলাম। সুলতানা আমার বোনের মতো হয়ে গেল।

সুলতান আমাকে বলল। আমি কি আপনাকে দাদা বলতে পারি।

আমি বললাম নিশ্চয় তবে একটা শর্ত।

মিথ্যা করে দাদা বললে চলবে না। সত্তিকারের দাদা কিন্তু আমি।

সুলতানা মাথা নেড়ে বলল হ্যাঁ।

সুলতানা আরো বললো তোমরা কিন্তু পুরো বিয়ে আমার কাছে থাকবে। আমি বললাম অবশ্যই।

সম্পর্ক তৈরি করতে সময় লাগে না। ভালো মানুষের সাথে পরিচয় হলে এমনি ভাল সম্পর্ক তৈরী হয়ে যাই।

তারপর আমরা সবাই নিচে গেলাম। থানার বড়বাবু সবাইকে ডাকলো তারপর তিনি বললেন।

আপনারা আমার কথায় এখানে আসার জন্য অনেক ধন্যবাদ। প্লিজ আপনারা প্রত্যেকটা জিনিস নিজের মতো করে নিবেন।

বিশেষ করে কাজের ব্যস্ত তাতেও মমিও আরিয়া এখানে আসার জন্য ধন্যবাদ।

তারপর যে যার কাজে লেগে পরল।

থানার বড়বাবু বললেন আসলে সুলতানার বাজার করা হয়নি। যেতে হবে কিন্তু আমি এত সব লোককে ফেলে যায় কি করে।

আরিয়া তখন বলল আমরা কি সুলতানা কি আমাদের সাথে বাজার নিয়ে যেতে পারি না।

থানার বড়বাবু বললেন তোমাদের আমি যেতে দিতে পারি না।

আমি তখন বললাম একজন ভাই তার বোনকে নিয়ে যেতে পারেতো।

থানার বড়বাবু আর কিছু বললেন না।

তারপর আমরা তিনজন তৈরি হয়ে গেলাম যাওয়ার জন্য।

তখনই আমাকে থানার বড়বাবু ডেকে বললেন এটিএম কার্ড টা নিয়ে যাও।

আপনার মনে হয় যে আমি আপনার কাছ থেকে এটিএম কার্ডটা নেব।

আপনি এটা যদি আমাকে দেন তাহলে আপনি আমাকে লজ্জায় ফেলবেন।

প্লিজ আমাকে আমার বোনের জন্য খরচ করতে দিন।

থানার বড়বাবু বললেন ঠিক আছে।

তারপর আমরা সুলতানার জন্য প্রথমে ওর পছন্দের জিনিসগুলো সব কিনলাম। তারপর ওর জন্য আমি ও আরারিয়া পছন্দ করে ওর জন্য আরও কিনলাম।

তারপর আমরা বাড়ি চলে এলাম।

এবং অনেকটা রাত হয়ে যাওয়ার কারণে আমরা ঘুমিয়ে পড়লাম। এবং সকালে ঘুম থেকে উঠে উঠে একটু বাইরের দিকে ঘুরতে গেলাম।

আমি যখন এলাম তখন বাজে আটটা।

আমাকে ঢুকেই সুলতানা বলল আরিয়ার কি হয়েছে দেখো তো। সকাল থেকে না ব্রাশ করেছে। না কিছু খেয়েছে।

আমি বললাম আরে সরি ইয়ার।

আসলে আমি ভুলেই গিয়েছিলাম। ও ব্রাশ করেনা। টুথব্রাশে ব্রাশ করলে ওর দাঁতের মাড়ি কেটে যেতে পারে বলে।আমি আমার আঙুলে কোলগেট লাগিয়ে ওকে ব্রাশ করিয়ে দিই প্রত্যেকদিন।

আরিয়ার কাছে যেতেই কান্না করতে করতে আমাকে বুকে জড়িয়ে ধরে নিল। আর তুমি আমাকে একবারও বলোনি। তুমি কোথায় গিয়েছিলে।

আমি দেখলাম বিয়ের বাড়ির প্রত্যেক জন আমাদের দিকে তাকাচ্ছে। সবার দিকে তাকিয়ে আমি বললাম সরি।

ও আমাকে না দেখতে পেলে কান্না করতে লাগে।

তারপর আমি ওকে ব্রাশ ও মুখ ধুয়ে দিলাম।

তারপর আমি সুলতানা কে বললাম তোমাদের বাড়িতে কিছু খাবার আছে।

দাও না আমাকে একটা প্লেটে।

সুলতানা বলল আমি এক্ষুনি আনছি।

সে প্লেটেকরে কিছু খাবার এনে। আমার হাতে দিলো।

আমি ওকে নিজের হাতে খাইয়ে দিলাম। তারপর আমি আমার টি-শার্টের হাত দিয়ে ওর মুখটা মুছিয়ে দিলাম।

আমাদের এই ব্যবহার দেখে বিয়ে বাড়িতে আসা প্রত্যেকটা মানুষ বেশ অবাক।

কারণ আরিয়ার বাচ্চা ব্যবহার দেখে।

তারপর সুলতান আমার কানে কানে বললো। আরে তোমরা তো বইয়ের থেকে বেশি রোমান্টিক।

তারপর আমি আরিয়াকেএকটা ফাঁকা ঘরে নিয়ে গেলাম।

আমি বললাম সরি।

আর কখনো যাবনা।

যেখানেই যাব তোমাকে সাথে নিয়ে যাব। কিন্তু প্লিজ মন খারাপ করো না।

তারপর আরিয়াকে আমার কোলে মাথা রাখতে বললাম।

গল্প শোনাতে লাগলাম।

ও কতসুন্দর সেটাকে বলতে লাগলাম।

আমরা ভবিষ্যতে আরো কি কি করব। সেটাকে শোনাতে লাগলাম।

সন্ধ্যের দিকে আমরা সবাই গোল করে বসলাম। আমি আরিয়া সুলতানা, আরিয়ার মা-বাবা, তানিয়া ও আনন্দ।

তারপর সুলতানা বলল চলো একটা গেম খেলি। প্রত্যেকে একে অপরের ব্যাপারে কিছু বলবে।

যারা বাবাদের বয়সের তারা তাদের স্ত্রীদের ব্যাপারে কিছু বলবে। আর যারা মায়েদের বয়সের তারা তাদের স্বামীর ব্যাপারে কিছু বলবে। আর আমরা আমাদের সঙ্গীর ব্যাপারে কিছু বলবো।

তারপর সুলতানা বলল ঠিক আছে তানিয়া তুমি আনন্দের ব্যাপারে কিছু বল।

তানিয়া বললো আমি যা চাই সেটা আমাকে আনন্দ দেয়। আর ওরখারাপ গুলো সব সময় কাজে ব্যস্ত থাকে।

এবার আনন্দ বল সুলতানা বলল।

আমার ওর ভালো গুন ও দেখতে অনেকটা সুন্দর। আর ওর খারাপ গুন হলো আমার কোন কথা শুনেনা।

এরপর সবাই সবারটা বলল।

তারপর সুলতানা বলল আরিয়া বল।

আরিয়া বলল ওর সবচেয়ে যে জিনিসটা আমাকে ভালো লাগে আমাকে বাচ্চা মেয়ের মত কেয়ার করে। আর খারাপ গুন হলোআমি যতই ভুল কাজ করি না কেন আমাকে তো একবারও বকে না বরং আমাকে বলে ভুল কাজটা আবার যেন তুমি করো তুমি ভুল করবে আর আমি শুধরে নেব।

তারপর সুলতান আমাকে বলল এবার তুমি বলো মমি।

আমি বললাম ওর ভালো গুণ হলো। আমাকে আমার মায়ের মত খেয়াল রাখে আর আমাকে আমার চেয়েও ভালো করে চেনে। আরো সবচেয়ে খারাপ গুণ হলো।

আমি যদি ওকে বলি ছাদের উপর থেকে লাফ মেরে দাও। একবারও জিজ্ঞাসা করবে না, যে কেন?

ও আমাকে ওর নিজের চেয়েও বেশি বিশ্বাস করে।

সুলতানা বলল আরে ভাই তোমরা এতটা পারফেক্ট কিভাবে হতে পারো।

আরিয়ার মা আরিয়াকে কিছু বলতে যাচ্ছিল। আরিয়া ওখান থেকে উঠে পালিয়ে গেল।

আমি বুঝতে পারলাম ওর প্রচুর অভিমান আছে তাদের উপরে।

আমরা টিভি দেখছি। সবাই আছে।

তানিয়া আনন্দের ঘাড়ে মাথা দিতেই আনন্দ বলে উঠলো আর তুমি বাচ্চা নাকি।

তারপর কিছুক্ষণ পর দেখি আরিয়া আমার বুকের উপর শুয়ে পড়ল। আমি সোফায় বসে ছিলাম। তারপর আমি একটা চাদর গায় দিয়ে ছিলাম।

আরিয়া প্রথমে চাদরটা সরালো। তারপর আমার বুকে ঘুমালো তারপর চাদরটা চাপিয়ে নিল। আমি বুঝতে পারলাম আরিয়ার মা আরিয়া কে বারণ করতে যাচ্ছিল।

এটা বলার চেষ্টা করছিল যে, আমার দিকে ইঙ্গিত করে একে বিরক্ত করছিস কেন।

আমি সঙ্গে সঙ্গে আরিয়ার মাকে বাধা দিলাম ইশারা করে।

আরিয়ার মা কিছু না বলে যেখানে বসেছিলসেখান থেকে গেল।

টিভি দেখতে দেখতে বুঝতে পারিনি রাত দশটা বেজে গিয়েছে। সবাই যে যার নিজের ঘরে চলে যাচ্ছিল। আরিয়ার মা আমাকে বললো তুমি তোমার ঘরে চলে যাও।

আমি দেখলাম আরিয়া ঘুমিয়ে পড়েছে।

আমি বললাম আমি এখানে ঠিক আছি এখানে ঘুমিয়ে পড়বো।

তারপর আমি আরিয়া কে বুকে নিয়ে চেয়ার এই ঘুমিয়ে পড়লাম। ওকে আরও শক্ত করে বুকে জড়িয়ে ধরলাম। ওকে যত শক্ত করে আমি বুকে জড়িয়ে ধরি। তত আমাকে মনে হয় আর বুকটা হালকা। পৃথিবীর কোন চিন্তা নাই আমার মধ্যে।

আমি পৃথিবীর সবচেয়ে ভাগ্যবান মানুষ। যার বুকে আরিয়ার মত একটা পবিত্র মেয়ে ঘুমিয়ে আছে।

সকালে দেখি আরিয়া বাবা তানিয়ার মা ও তানিয়া। আমাকে চেয়ারে ঘুমিয়ে থাকতে দেখে বেশ অবাক হলো।

তারপর আরিয়ার মা আমাকে বলল এবার তো উঠে পড়ো।

আমি আরিয়াr মাকে বললাম প্লিজ আন্টি।

আমি আরিয়ার ঘুম ভাঙ্গাতে পারব না। আর দু'ঘন্টা এভাবে থাকলাম। সবাই আমাকে সকালের ব্রেকফাস্ট করার জন্য বলল। আমি গেলাম না। তারপর দেখি আরিয়ার ঘুম ভাঙলো।

প্রথমেই আমাকে জিজ্ঞাসা করল কটা বাজে।

আমি বললাম সকাল আটটা।

ও বলল তারমানে পুরো একটা রাত পার করে দিয়েছি। আমি হালকা মাথাটা নেড়ে বললাম হ্যাঁ ম্যাম।

আরিয়া আমাকে বলল তারমানে তুমি কিছু খাওনি।

আমি বললাম খেয়েছি।

তারপর দেখি কিছুক্ষণ পর আরিয়া এক কাপ কফি ও আমার জন্য পায়েস রান্না করে আনল।

তারপর আমাকে জোর করে সবার সামনে বাচ্চা ছেলের মতো নিজের হাতে খাইয়ে দিলো।

তারপর ওর হাতে আমার মুখটা সুন্দর করে মুছে দিল। তারপরও থালা ও কাপটাকে সুন্দর করে ধুয়ে ফেলল।

আরিয়ার এই কাজ দেখে বিয়ের বাড়িতে উপস্থিত প্রত্যেকটা মানুষ হাসতে লাগল।

আরিয়া কিছুটা লজ্জা পেয়ে ওখান থেকে চলে গেল।

তারপর বিয়ের বাড়িতে সব নিজের নিজের কাজে ব্যস্ত হয়ে পড়ল। আমিও বাইরে গেলাম।

কিছু মানুষ বিয়ে বাড়িতে এসে আরিয়ার বাবাকে ডেকে বললেন ধন্যবাদ।

আরিয়ার বাবা একটু অবাক হয়ে গেলেন।

জিজ্ঞাসা করলেন কিসের জন্য? আর আপনারা কারা?

ওরা বলল আমরা এই গ্রামেরই সাধারণ মানুষ। আমাদের একটা ছেলের অপারেশনের জন্য 10 লাখ টাকা মত প্রয়োজন ছিল।

আপনার দুই মেয়ে আমাদের সেই টাকাটা দিয়ে দেন। আপনার বড় মেয়ে তানিয়া তিন লক্ষ টাকা ও ছোট মেয়েসাত লক্ষ টাকা মত দিয়ে দেয়।

আরিয়ার বাবা ওনাদের বললেন আপনার আসতে পারেন।

তখন উনারা বললেন আমাদের সেই ছেলেটি সুস্থ হয়ে গিয়েছে তাই আমরা ছোট্ট অনুষ্ঠানের আয়োজন করেছি। যদি আপনাদের সময় থাকে তাহলে আসবেন প্লিজ।

আরিয়ারবাবা ঠিক আছে চেষ্টা করব বললেন।

তারপরে চলে যাওয়ার পর আনন্দ তানিয়া কে ডাকলো। আর তানিয়াকে জিজ্ঞাসা করল এত টাকা তুমি কাকে বলে দিলে?

আমার এত টাকা দেওয়ার অধিকার দিলো কে তোমাকে?

তুমি জানো টাকাগুলো কত পরিশ্রম করে?

তারপর তানিয়া ভয়ে কাঁপতে কাঁপতেবললো আসলে আমি দিতাম না আরিয়া একটু জোর করলো তাই দিয়ে দিলাম।

আনন্দ আরিয়ার কাছে এলো আর বলল তুমি দিলে কেন?

আরিয়া কে খুব বকাবকি করতে লাগলো। আর বলল তোমার যা ইচ্ছা তাই করতে পারো তাহলে তুমি আমাদের ব্যাপারে নাক গলাবে না। তোমার লজ্জা লাগেনা এসব করতে বাচ্চা মেয়ের মধ্যে এসব করো।

আনন্দের এইসব কথাবার্তাই আরিয়া কান্না করতে লাগে। এতগুলো লোকের সামনে এভাবে ওকে কখনো কেউ অপমান করে নি। তাই ও নিজেকে অপমান বোধ করে কান্না করতে লাগলো। এসব কথাগুলো আমি বাড়ি আসতেই সুলতান আমাকে বলল।

এই কথাগুলো শোনার পর আমার মধ্যে আগুন জ্বলতে লাগলো। আমার মনে হল আনন্দ মাথা ফাটিয়ে দিয়। সুলতানা আমার হাতটা ধরল আর বলল ভাই আমার বিয়ে প্লিজ এমন কিছু করো না যাতে আমি কষ্ট পাই।

তাই চুপচাপ আমি আনন্দের কাছে গেলাম। তারপর আমি আমার পকেট থেকে একটা চেকবুক বার করে 3 লাখ টাকা লিখে দিয়ে, কাগজ ভাজ করে ওর পকেটে ভরে দিলাম। এই দৃশ্য আরিয়ার বাবা দেখার পর আমাকে বললো তুমি আরিয়াকে কিছু বলবেনা? ও এখন আর বাচ্চা মেয়ে নাই। ওরএতটাকা দেওয়ার কি দরকার ছিল?

আমি আরিয়ার বাবাকে বললাম আপনার কাছেও ছোট বাচ্চার না হতে পারে।

আমার কাছে ও একটা ছোট বাচ্চার মত।

ও পুরো পৃথিবীআগুন লাগিয়ে দিলেও আমি ওকে একটা কথাও বলব না। বরং যে ক্ষতিগুলো করেছে সেগুলো শুধরে দেব।

তারপর ওখান থেকে কিছুটা এগিয়ে আরিয়ার কাছে যেতেই আরিয়াআমাকে কান্না স্বরে বলল প্লিজ আমাকে ক্ষমা করে দাও।

আসলে আমার খারাপ লাগছিলো মনে হচ্ছিলো আমি কোন সাহায্য করতে পারব না তাই করেছি। আমি আর কি আর দু গালে হাত দিয়ে মুখের কাছে নিয়ে এসে বললাম আমি যদি ওখানে থাকতাম আরো বেশি দিতাম।

আর তুমি আমার পাশে থাকলে এর চেয়ে অনেক বেশি টাকা উপার্জন করে নেব। হাজারা তোমাকে এসব কথা বলছে তারা আরিয়া কে চেনে না। তুমি আমার আরিয়া তোমার প্রত্যেকটা সিদ্ধান্তে আমি আছি। আমি খুব সৌভাগ্যবান তোমাকে পেয়েছি জীবন সঙ্গী হিসাবে।

আমি জানি এই টাকাটা অনেক বেশি এই টাকাটা উপার্জন করতে হয় তোমার কয়েকটা বছর সময় লেগে যাবে। তবে আরিয়ার মুখে যে হাসিটা আছে সেটার মূল্য পৃথিবীর কোন বস্তুর কাছে সমান হতে পারে না।

সন্ধ্যে হয়ে এলো, আমি বুঝতে পারলাম আরিয়া ভাবছে যে হয়তো আমি ওর উপর রেগে আছি। তাই প্রত্যেকটা মানুষ টিভি দেখছে আরারিয়া তার মোবাইলে কার্টুন দেখছে দূরে গিয়ে। আমি চুপিচুপি ওর কাছে গিয়ে পেছন থেকে জড়িয়ে ধরলাম, ওর একটা হেডফোন আমার কানে ভরে ও যেটা দেখছিল, আমি ওর সাথে তাই দেখতে শুরু করলাম। তারপর আরিয়া জিজ্ঞেস করল তুমি সত্যি আমার উপর রেগে নেই তো?

অনেক বেশি রেগে আছি।

কেন? আরিয়া একটু বিস্ময়ের সাথে জিজ্ঞাসা করল।

আমি বললাম এই যে তুমি ভাবছো আমি তোমার রেগে আছি। আমি তোমার উপর কেন রাগ করব। ওদের বাড়ি যাবে?

আরিয়া বলল হ্যাঁ?

তারপর আমি আর আরিয়া কিছু গিফট কিনে ওই মানুষগুলোর বাড়ি গেলাম। দেখলাম ওরা আমাদেরকে দেখে খুব খুশি।

ওদের সাথে আমি আরারিয়া ওদের গ্রামটা ঘুরলাম। এদের সাথে অনেক গল্প করলাম। ক্রিকেট খেললাম।

এই প্রথম প্রত্যেকটা জিনিস হারতে ইচ্ছা করছে আরিয়ার কাছে। আমি ভুলতে পারিনা ওর হাসি ভরা মুখটা। আমার সব ব্যথা শুধুমাত্র এটা ভাবাতে আমি ভুলে যাই ,যে আমার কাছে আরিয়া আছে। একটা মানুষ যেমন তোমাকে ভুল প্রমাণ করতে পারে ঠিক একটা ভালো মানুষ তোমার সব ভুল কে ঠিক প্রমাণ করতে পারে। দেখবে যখন তুমি কোন ভুল মানুষের সাথে থাকবে তোমাকে বারবার মনে হবে আশেপাশের সব মানুষ মিথ্যাবাদী। সবাই আমার সাথে নাটক করছে। তারা তোমাকে বারবার এটা প্রমাণ করবে যে তোমর কত বড় ভুল ছিল। তখন তোমার মরতে ইচ্ছা করবে। কারণ সেই মানুষটাকে নিজের কাছে আটকে রাখার চেষ্টা করবে। কিন্তু তাকেআটকাতে পারবেনা। তখন তোমার বেঁচে থাকার ইচ্ছেটাই শেষ হয়ে যাবে। কিন্তু বিশ্বাস করো তুমি যদি তোমার জায়গায় সঠিক হও, তাহলে তুমি জীবনে এর চেয়ে অনেক ভালো ভালো মানুষ পাবে। এখনো তোমার মনে হচ্ছে তুমি তো তোমার জীবনে নতুন কাউকে চাও নি। তুমি এখন যাদের সাথে আছো তাদের সাথেই থাকতে চাও। আমরা অনেক সময় ভুল মানুষদেরকে কাছের ভেবে নিয়ে। তারা যত বেশি আমাদের সাথে থাকবে ততবেশি আমাদের জীবনটা নষ্ট হতে শুরু করবে। তাই আমাদের তাদেরকে না চাইতেও নিজের জীবন থেকে সরাতে হবে। জাতির নতুন ভালো

মানুষগুলো আমাদের জীবনের ঢুকতে পারে। আর নতুন মানুষগুলো তোমার জীবনটাকে এত সুন্দরভাবে গুছিয়ে সাজিয়ে দেবে। যা তুমি এর আগে কখনো কল্পনা করতে পারোনি। আমাদেরকে শুধু সময়ের অপেক্ষা করতে হবে। হয়তো অপেক্ষা টা অনেক সময় অনেক কষ্ট হয় পরে আমাদের জন্য। অনেক সময় মনে হয় আমরা অপেক্ষা করবো তো কতটা করব। বিশ্বাস করুন আপনি যত বেশি অপেক্ষা করবেন ততো ভালো মানুষগুলো আপনি আপনার জীবনে পাবেন। কখনো এটা ভেবে নিজেকে থামিয়ে দিবেন না যে আপনি যার সঙ্গে ছিলেন। জীবনের সবচেয়ে বেশি যাকে আপনি ভালোবেসে ছিলেন সে যদি ছেড়ে যেতে পারে। তাহলে বাকি মানুষ গুলো যাবে না কেন? তাহলে আপনি ভুল ভাবছেন আমিও কাউকে মন দিয়ে ভালবাসতাম, তাকে আটকাতে পারিনি আমি কিন্তু আমি কখনো হাল ছাড়িনি। বা কখনো হাল ছাড়লে যেহেতু আমার ভালবাসা পবিত্র ছিল । তাই ঈশ্বর কখনো আমাকে হাল ছাড়তে দেননি।

আরিয়ার এই ছোট ছোট জিনিস গুলো আমাকে বেশ ভালো লাগে। মনে হয় অনেক বেশি ভালোবাসি। অনেক বেশি নিজের করে নি।

কিছুক্ষণ পর সুলতানা আমাকে বলল আরিয়ার মা তোমাকে ডাকছে।

আমি ওর মার কাছে যেতেই দেখলাম যে, ওর মা-বাবা এমনকি তানিয়াও আছে।

আমি যেতেই আমার জন্য একটু জায়গা করে দিয়ে বলল বস।

আমি বললাম সুলতানা বলছিল আপনি আমাকে ডেকেছেন।

আরিয়ার মা বলল হ্যাঁ বাবা।

আরিয়া আমার সবচেয়ে কাছের মেয়ে। যাকে আমি অনেক ভালবাসি। ছোট থেকে মিশনে পড়ার ফলে। কখনো নিজের কাছে রাখতে পারিনি। প্রত্যেকটা দিন ভালোবাসার জন্য কষ্ট পেয়েছে।

প্রচুর পড়াশোনা করত। আমরা সব সময় প্রচুর শাসন করতাম ওকে।

ওকে বলতে জানো দেখবে একদিন আমার স্বামী তোমাদের চেয়েও আমাকে বেশি ভালোবাসবে।

আমরা ওকে বলতাম পৃথিবী এখনো দেখনি তো তাই এইসব বলছো।

বাবা মার চেয়ে কেউ কখনো ভালবাসতে পারে।

ও বলত ভালোবাসবে।

আমি ওকে নিজের মতো করে তৈরি করব। ওর এই ধরনের কথাগুলো শুনে আমরা বেশ হাসি ঠাট্টা করতাম।

কিন্তু দেখো পরিস্থিতির জন্য ওকে আমাদেরকে ছেড়ে দিতে হলো। আমরা আরিয়া কেহারিয়ে ফেলেছি।

আমি জানি এই প্রশ্নটা করার অধিকার আমার নেই। তাও করছি। তুমি কি জানো আরিয়া কখনো মা হতে পারবেনা। তাহলে কখনো তোমার খারাপ লাগে না।

বিশ্বাস করুন প্রথম প্রথম খুব খারাপ লাগত। কিন্তু তখন থেকে আমি আরিয়া কে বুঝতে শিখেছি। তখন থেকে কেন জানিনা মনে হয়েছে যে,আরিয়ার প্রতি আমার যে ভালোবাসাটা আছে সেটা আমি পৃথিবীর কারো মধ্যে ভাগ করে নিতে পারব না। আমাদের যদি ছেলে না হয় তাহলে কত আমরা ভাগ্যবান শুধুমাত্র আমার আরিয়া আর আমি আরিয়ারি থাকবো। এটা ভেবেই আমাকে ভালো লাগে। ওর সাথে থাকলে আমার কোন জিনিসই কম মনে হয় না। বরংআমার কোন জিনিস না থাকলে মনে হয় আছে।

# 22

# আমার প্রিন্সেস

আমাকে ক্ষমা করে দিও।

আমি বললাম। আপনারা আরিয়াকে হারিয়ে ফেলেন নি আপনারা ওর অযোগ্য ছেলে কে ওর হাতে তুলে দিয়েছিলেন।

ওর জীবনটা আপনারা ধ্বংস করে দিয়েছিলেন।

কি যায় আসে।

আরে, ও তো আপনাদের মেয়ে ছিল।

আপনারা বললেন ,আপনাদের প্রত্যেকটা কথা ও শুনত।

তাহলে কি হয়েছিল।

আরে ওকে ধর্ষণ করেছিল। তাকে ওর কি করার আছে।

ওর তো কোন দোষ নাই তাই না।

ও একটা বাচ্চা মেয়ে ছিল। ওই সময় আপনাদের ওর প্রচুর প্রয়োজন ছিল। কিন্তু আপনারা কি করেছিলেন আমার মত অযোগ্য ছেলের হাতে ওকে তুলে দিয়েছিলেন।

আমি আপনাদের কখনো ক্ষমা করব না।

ওটা আপনাদের মেয়ে না।

ওটা আমার আরিয়া।

ওটা আমার পৃথিবী।

ওর গায়ে একটা দাগ ও যদি পড়ে তাহলে পৃথিবীতে আগুন লাগিয়ে দিব।

জানেন আমি ভালোবাসাকে ঘৃণা করতাম।

আমি নিজেকে ব্যর্থ মনে করতাম।

আমার মরে যেতে ইচ্ছে করতো।

ওইটুকু বাচ্চা মেয়ে আমাকে বাঁচতে শিখেছি।

আমাকে আমার চেয়েও বেশি বিশ্বাস করেছে।

ওর অত কষ্টের মধ্যেও আমার খেয়াল রেখেছে।

আমাকে কলেজে ভর্তি করেছে। আমাকে আমার মার কাছে ফিরিয়ে দিয়েছে।

আজকে আমি এখানে এসেছি তাও ওর জন্য।

আপনি আমাকে বলেননি তোমাকে আমি মূল্যবান জিনিস দিয়ে গেলাম।

অনেক অনেক ধন্যবাদ।

আরিয়াকে আমাকে দেওয়ার জন্য।

আমি অনেক কষ্ট পেয়েছিলাম।

আরিয়া আমাকে নতুন করে ভালবাসতে শিখিয়েছে। যতবার ওকে আমি দেখি ততবার নতুন করে বাঁচতে ইচ্ছা করে।

মনে হয় ওকে সবসময় বুকে জড়িয়ে রাখি ,এই পৃথিবীর কাছ থেকে লুকিয়ে রাখি।

ওখান থেকে ছুটে এসে আরিয়া কে বুকে জড়িয়ে নিই। ওকে বললাম কিছু বলবেনা।

আমি তোমাকে অনেক ভালোবাসি। সারা জীবন আমি তোমাকে এভাবে আগলে রাখতে চাই। থ্যাংকস আমার জীবনে আসার জন্য। থ্যাংকস এতটা গুরুত্ব দেয়ার জন্য।

থ্যাংকস পৃথিবীর সামনে আমাকে সাকসেস বানানোর জন্য।

ও বুঝতে পারলাম যে আমি অনেকটা ইমোশনাল হয়ে আছি।

তাই ও কিছু না বলে আমাকে আরো জড়িয়ে ধরল।

তারপর আমি আরিয়াকে বললাম তুমি তোমার বাবা মাকে ক্ষমা করে দিবে।

আরিয়া বলল তুমি যদি চাও অবশ্যই।

আমি কাল সকালে মা'র কাছে গিয়ে কথা বলব।

আমার কোন জিনিস যতই খারাপ লাগুক না কেন। তুমি যদি বলো সেটা তাহলে আমি তা করবো। মামি তুমি আমার পৃথিবী। আমি তোমাকে আমার নিজের চেয়েও বেশি ভালোবাসি। আরিয়া আমাকে বলল।

সকাল হতেই দেখলাম আরিয়া ওর মার কাছে গিয়ে বলল।

মা কেমন আছো?

আরিয়ার মা কান্নায় ভেঙে পরল।

ওর মা ওকে বললআমাকে ক্ষমা করে দে মা।

তোমাকে ক্ষমা করার অধিকার আমার নেই।

মা আমি তোমাকে যা বলেছিলাম তা হয়েছে তো।

তোমাদের চেয়েও বেশি খেয়াল রাখা মানুষকে পেয়েছি।

যে আমাকে তোমাদের চেয়েও বেশি ভালোবাসে।

আমার প্রত্যেকটা দিন স্বপ্নের মতো।

প্রথম তোমাদের উপর অনেক রাগ উঠতো। আর ভাবতাম যখন তোমাদের সাথে দেখা হবে তখন আমার অভিমানের কথাগুলো তোমাদেরকে বলবো।

আমার বুকের কথাগুলো তোমাদেরকে শোনাবো।

যখন আমাকে ধর্ষণ করেছিল তখন ভেবেছিলাম আমি তোমাদেরকে শোনাবো আমার ঠিক কতটা কষ্ট লেগেছিলো।

আমি বলব মরতে ইচ্ছা করছে।

কিন্তু তোমরা আমার কোন কথা শোনার আগেই , আমাকে আর কোনদিন বাড়ির ঢুকতে দিলেনা।

মাঅনেক ছোট ছিলাম।

আমার সত্যি তোমাকে খুব দরকার ছিল। তোমার কোলে মাথা রেখে আমি কাঁদতে চাইতাম।

আর তুমি বলতে আমাকে চিন্তা নাই আমি তো আছি।

বল নিমা।

আর তোমরা বলো তুমি তোমার মেয়েকে সবচেয়ে বেশি ভালোবাসো।

তোমাদের মাথা যেন কোনদিন নত না হয় তার জন্য আমি কখনো কোন খারাপ কাজ করিনি।

খারাপ কাজ তো দূরের কথা একটা ভুল কাজ করিনি।

জীবনে কখনো তোমাদের কোনো কথা অমান্য করে নি।

জানো যখন মমিরকাছে কিছু ছিল না তখনো আমাকে কি বলেছিল?

বলেছিল আমি তো আছি তোমাকে কিছু করতে হবে না?

তোমরা আমার মা-বাবা আর মমি আমার পৃথিবী।

আর এখন তুমি আমার সাথে কথা কেন বলছো।

তুমি তো বলেছিলে আজ থেকে এই মেয়েটাকে কখনো আমাদের বাড়ি আনবি না।

আমি কত ভুল করি। আমি যদি নিজের হাতে গোটা পৃথিবী কে ধ্বংস করে দিই। তাহলে আমার স্বামীকী বলবে জানো' বলবে তোমার লাগেনি তো'

জানো আমার নোংরা কাপড় কেচে দিত।

আমাকে গা ধুয়ে দিত।

থ্যাঙ্কস আমাকেওর হাতে তুলে দেওয়ার জন্য।

আমি বুঝতে পারলাম এটা ওর অনেক দিনের জমে থাকা কষ্ট।

তারপর সন্ধ্যেবেলায় সুলতানার বিয়ে।

প্রত্যেকে উপস্থিত আছি।

আসলে এই বি এ জিনিসটা একটা অসাধারণ জিনিস। এটা আপনাকে নতুনভাবে স্বপ্ন দেখতে সাহায্য করে। আপনি কে আপনার জীবনকে নতুন ভাবে সাজাতে সাহায্য করে।

বিয়েটা অনেক ধুমধাম করে হল।

এবার সুলতানাকে বিদায় দেওয়ার পালা। এটা মেয়েদের জীবনের সবচাইতে কষ্টের মুহূর্ত। কারণ ওরা এমন একটা বাড়িতে যেতে চলেছে যেখানে কাউকে চিনে না। জানেনা সেখানে তার সাথে সবাই কেমন আচরণ করবে। আবার নতুনভাবে নিজেকে সবার সাথে মানিয়ে নিতে হবে।

এটা একটা অদ্ভুত বাস্তব জিনিস তাইনা। যে বাড়িতে জন্ম হলো সেই বাড়ি থেকে একদিন বিদায় নিতে হচ্ছে।

সুলতান আমার কাছে এসে বলল আমি সবসময়ই কল্পনা করতাম যে আমাকে আমার দাদা নিজের হাতে করে বিদায় দেবে।

প্লিজ তুমি এটা করবে।

আমি বললাম অবশ্যই।

তারপর সুলতানার হাতটা ধরে। একপা একপা করে এগিয়ে গেলাম গাড়ির দিকে। প্রত্যেকটা পা ফেলারসাথে সাথে মনে হচ্ছে আমি সুলতানা কে হারিয়ে ফেলেছি। এমন এক জায়গায় ঠেলে দিচ্ছি যেখানে জানি না ভালো থাকবে না খারাপ।

আমরা কখনো বুঝতে পারবো না মেয়েদের কষ্ট টা কোথায়। যতক্ষণ না তারা কাছে থেকে দেখব।

আমি আগে ভাবতাম মেয়েরা কত ভাগ্যবান হয়। ছেলেরা ওদের প্রচুর পাত্তা দেয়।

মা বাবা সব সময় বেশি ভালোবাসে। আজ বুঝতে পারলাম মা-বাবা তাদেরকে ভালই বাসে এই কারণে কারণ তারা একদিন বিদায় হয়ে যাবে।

অনেকটা আপনাদের বাড়িতে আত্মীয় ঘুরতে আসার মত।

তারপর গাড়ির গেটটা খুলে।

সুলতানের হাতটা ওর বরের হাতে তুলে দিয়ে। ওর বরকে বললাম এ বাড়ির সবচেয়ে মূল্যবান সম্পদ টা আমি তোমার হাতে তুলে দিলাম।

প্লিজ খেয়াল রেখো।

কখনো কোনো কষ্ট দিও না।

যদি কখনো কোনো জিনিসের প্রয়োজন বোধ হয় একবার আমাদের কে বলবে তা দিয়ে দেবো।

কিন্তু যে মূল্যবান সম্পদ আমি তোমার হাতে তুলে দিলাম সেটার গায়ে যেন একটা দাগ না পরে।

কারণ তুমি যদি জানতে একটি ঠিক কতটা যত্ন করে এই বাড়ির প্রত্যেকটা মানুষ রেখেছিল।

তারপর সুলতানা কি আমরা সবাই বিদায় দিয়ে ঘরের ভিতরে ঢুকে পড়লাম।

থানার বড়বাবু আমাকে ডাকলে আর বলল বিশ্বাস করো আমি তোমাকে যে কথাটা বলেই ধন্যবাদ জানাই সেটাই কম পড়ে যাবে।

প্লিজ এসব কেন বলছেন।

সুলতান আমার নিজের বোন।

আর মরার আগে দিন পর্যন্ত আমার বোনই থাকবে। আপনাকে ধন্যবাদ আমাকে এখানে ডাকার জন্য।

এত সুন্দর পরিবারের সাথে মেলানোর জন্য।

থানার বড়বাবু বললেন যখনই সময় পাবে এবার থেকে চলে আসবে কিন্তু। আমি বললাম অবশ্যই আসবো।

তারপর আমরা ওখান থেকে বিদায় নেবার জন্য বেড়াতে যাচ্ছিলাম। তখন আরিয়া বলল আজ আর যেতে হবে না।

তাহলে আজ আর যাব না।

তারপর আমরা ওখানে থাকতে লাগলাম।

# 23

# সে আমার কাছে ক্ষমা চাইলো

তানিয়া বললো আমি একটু বাজার যাবো। কেউ যাবে কি।

সবাই চুপ।

তারপর আরিয়া কে বলল প্লিজ তোর হাসবেন্ড কে বলনা আমার সাথে যেতে।

আরিয়া বলল প্লিজ যাও না।

আমি সত্যি যেতাম না আরিয়া বলল বলে গেলাম।

তারপর আমি আমার গাড়ীটা নিয়ে তানিয়ার জন্য প্রথমে দরজা খুলে দিলাম। তারপর আরিয়া আমার কাছে এসে আমার গালে একটা চুমু দিয়ে বলল তাড়াতাড়ি আসবে কিন্তু।

না হলে আমি কিন্তু কান্না করতে লাগবো।

তুমি যখনি বলবে আমি চলে আসবো। বুঝলে প্রিন্সেস। আরিয়া কে আমি বললাম প্লিজ চলনা আমার সাথে।

আরিয়া বলল তোমার জন্য আমি একটা দারুনখাবার তৈরি করছি। যেটা আমি তোমাকে আমার নিজের হাতে খাইয়ে দেবো।

তারপর আমরা সেখান থেকে আরিয়ার কাছ থেকে বিদায় নিয়ে বাজারের উদ্দেশ্যে বেরিয়ে পড়লাম।

গাড়ি চলতে চলতে তানিয়া আমাকে জিজ্ঞাসা করল।

কেমন আছো?

খুব ভালো।

আমার জিজ্ঞাসা করল সব কিছু ঠিক আছে তো?

আমি বললাম একদম পারফেক্ট আছে।

তুমি এখন জীবনে কি করছো।

আমার প্রশ্নের উত্তর দিল না।

তানিয়া হঠাৎ আমাকে মাঝ রাস্তায় বলল গাড়ি দাঁড় করো।

কেন কি হয়েছে কিছু হলো নাকি।

তুমি কি করে ভালো থাকতে পারো। তুমি তো আমাকে অনেক ভালবাসতে। আমি তোমার ভালোবাসা ছিলাম।

আরে আমি ভালো নেই।

আমি সত্যি ভালো নেই।

আমার সাথে আনন্দের প্রত্যেকটা দিন ঝগড়া হয়। বিভিন্ন বিষয় নিয়ে কখনো বলে তুমি এই পোশাকটা পরিও না।

কখনো বলেতোমার রান্না ভালো হয়নি।

কখনো বলে তুমি আগের মত দেখতে ভালো লাগেনা।

অনেকগুলো মেয়ে বান্ধবীর সাথে মেলামেশা করে।

যেখানে সেখানে রাত কাটিয়ে দেয়। আমি কিছু বলতে গেলে আমাকে বকাবকি করে।

আমি কোথায় যেতে চাইলে আমাকে যেতে দেয় না।

আমি সত্যি ভালো নেই।

এই প্রথম প্রথম ভাবতাম এসব আমার সাথে ঘটছে। তারপর যখন মা-বাবাকে বলি তখন মা বাবা বলে এটাতো স্বাভাবিক।

আমি আমার অন্য বান্ধবী বন্ধুদের জিজ্ঞাসা করি তারাও বলে স্বামী স্ত্রী সম্পর্ক এরকম হয়ে যায় কিছুদিন পর।

তারপর আমি ভাগ্য মেনে নিতে শুরু করি।

কিন্তু যখন আমি তোমাকে দেখি তখন আমার ধারণা সম্পূর্ণ পরিবর্তন হয়ে যায়। আরিয়াতোমাকে কখনো ভালোবাসতো না আরিয়া কে তুমি কখনো ভালবাসতে।

কিন্তু আজকে তোমাদের দেখলে মনে হয় তোমরা একে অপরকে কতটা ভালোবাসো।

কেউ তোমাদের বাস্তবে না দেখলে বিশ্বাস করতে পারবেন না।

আরে বাবা মাও তার ছেলেকে এতটা ভালোবাসে না যতটা তোমরা একে অপরকে ভালোবাসো।

তোমাদেরকে দেখার পর বুঝতে পারলাম আমি অনেক বড় ভুল করে দিয়েছি।

আমি তোমাকে হারিয়ে ভুল করেছি।

আমি বুঝতে পারিনি তোমার ভালোবাসা।

আরে আমি তো তোমাকে গরীব ভাবতাম।

আমি ভাবতাম তুমি আমার চাহিদাগুলো পূরণ করতে পারবে না। আমি ভুল ছিলাম। চাহিদা শুধু টাকা দিয়ে মিটানো যায় না।

আরিয়ার, তুমি প্রত্যেকটা জিনিস খেয়াল রাখো। ছোট বাচ্চার মত ওর প্রত্যেকটা জিনিস তুমি নিজের মত করে সাজিয়ে দাও।

আমি সত্যি অনেক বড় ভুল করে দিয়েছি।

আমি যেমনটা স্বপ্ন দেখতাম তার চেয়েও বেশি ভালো তোমাদের জীবন।

আমি যখন ছোট ছিলাম তখন আরিয়া আর আমি প্রত্যেকে একে অপরের স্বপ্ন বলাবলি করতাম।

আমি বলতাম আমি এমন একটা ছেলে পছন্দ করি যে সুন্দর হবে এই স্মার্ট হবে আর প্রচুর টাকা-পয়সা হবে।আমার মনে হত এই কটা জিনিস দরকার ভালো থাকার জন্য।

আরিয়া কি বলতে জানো। আমার এসব কিছু দরকার নাই আমার শুধু এমন একজনকে দরকার যে শুধু আমাকে নিজের পৃথিবী মনে করবে। তাহলে বাকি সবকিছু এমনি হয়ে যাবে।

আজ আমি বুঝতে পারছি ও যা চেয়েছিলাম সেটাই পেয়েছে।

আমাকে ক্ষমা করে দাও না প্লিজ।

আমি তানিয়াকে বললাম প্লিজ।

আমি তোমার উপর সত্যিই রেগে নাই।

মেয়েরা যদি জানতো একটা ছেলে তাকে কতটা ভালোবাসে তাহলে সে কখনো তাকে বিন্দুমাত্র কষ্ট দেয়ার চেষ্টা করত না।

ভাই এমন কোন কাজ করত না যেটাতে ছেলেটা কষ্ট পায়।

আমি তোমার জন্য অনেক কেঁদেছিলাম। আমি নিজেকে অনেক অভাগা মনে করতাম।

ঈশ্বরকে প্রচুর গালিগালাজ দিতাম।

কারণ আমি পড়াশোনা ছেড়ে দিয়েছিলাম।

আবার তানিয়া বলে উঠল তুমি ওর মধ্যে কি দেখেছো যা আমার মধ্যে নেই।

আমি বললাম তুমি ভালো মমিনুল এর জীবনটাকে এলোমেলো করে দিয়েছিলে।

আরারিয়া এই এলেমেলো মুমিনুল টাকে স্বপ্নের মত সুন্দর মমিনুল এপরিণত করেছে।

আমি গরিব আমার টাকা আছে কিনা তাতে কিছু যায় আসে না আরিয়ার কাছে।

জানো যখন আমাকে গোটা পৃথিবী ব্যর্থ বলেছিল। তখন আমাকে আরিয়া কি বলে জানো?

আরিয়া বলে এই পৃথিবীর লোক কে কি ভাবল তাতে কিছু যায় আসে না?

তুমি আমার কাছে সুপার হিরো।

তাতে তুমি যতবার ব্যর্থ হও না কেন তুমি আমার কাছে সুপার হিরো।

মেয়েটা আমাকে নতুনভাবে বেঁচে থাকার স্বপ্ন দেখেছিল।

আর আমি কি সিদ্ধান্ত নিই জানো।

আমি ওইসব কিছু করব যা আরিয়াকে ভালো রাখার জন্য দরকার।

আমি আরিয়ার জন্য নতুনভাবে পড়াশোনা শুরু করেছি। নতুনভাবে বই লেখালেখি শুরু।

যাতে আমি আরিয়াকে রাজকন্যার মত রাখতে পারি।

অনেক ধন্যবাদ আমাকে ছেড়ে দেওয়ার জন্য।

তুমি ছেড়ে দিয়েছো বলে কিন্তু আমি আরিয়ারমত রাজকন্যা পেয়েছি।

আমি বলেছিলাম আমাদের সম্পর্কটা পবিত্র রাখতে। আর তাই আমি কখনো তোমাকে স্পর্শ করতাম না।

আজ আমি আরিয়া কে সবসময় বুকের মধ্যে রাখি। প্রত্যেকটা মুহূর্ত আমি ওকে স্পর্শ করি। যতবার স্পর্শ করি মনে হয় আরো বেশি ওকে ভালোবাসি।

আর তোমরা ভাবছো কেন তোমাদের জীবনটা শেষ হয়ে গিয়েছে?

নাগো তোমাদের জীবনটা তো সবে শুরু?

তোমরা একে অপরের সাথে বেশি গল্প করো। একে অপরের কথা মন দিয়ে শুন।

দেখবে সবকিছু ঠিক হয়ে যাবে।

কখনো কোথাও বাইরে ঘুরতে যাও।

কখন একটা রেস্টুরেন্টে বসে খাবার খাবে।

দেখবে নতুন একে অপরকে খুঁজে পাবে।

ভালোবাসা একটা অদ্ভুত। কিন্তু আমরা যদি কাউকে মন থেকে ভালবাসি আর আমাদের ভালোবাসা যদি পবিত্র হয় তাহলে আমরা ভাল কাউকে অবশ্যই পাব।

আর আমরা যদি কারো সাথে খারাপ ব্যবহার করি। আর আমাদের মনে হয় আমাদের জীবনটা সব সময়এভাবে আনন্দের সাথে কেটে যাবে তাহলে আপনি ভুল ভাবছেন।আপনি বিন্দুমাত্র কাউকে কষ্ট দিলে তার প্রতিশোধ আপনাকে ঠিক তুলে নিবে।

তাই যে মানুষটার সাথে আপনি আছেন তার সাথে কাউকে কখনো কারো তুলনা করবেন না।

সে যেমন তাকে ঠিক তেমনভাবে ভালবাসুন। দেখবেন সে আপনার জন্য নিজেকে বদলে ফেলবে।

আপনি তার সবচেয়ে মূল্যবান মানুষ আর আপনি যদি তার ভুলগুলো তার সামনে তুলে ধরেন। তাহলে সে তো কষ্ট পাবে।

এখনো যদি আপনি কাউকে ভালো না বাসেন তাহলে আপনি অপেক্ষা করুন । ঈশ্বর ঠিক আপনার জন্য কাউকে খুঁজে রেখেছেন।

সে একদম আপনার মত হবে সে আপনাকে অনেক ভালবাসবে। কিন্তু টাইম পাস করার জন্য কাউকে ভালবাসবেন না।

বিশেষ করে বিয়ের আগে ভালোবাসা দরকার নেই। যদি সত্যিকারে ভালো কাউকে পেতে চান। যদি আপনি আপনার নিজেকে বিয়ের আগে পর্যন্ত ধৈর্য ধরতে না পারেন তাহলে আপনি কখনোই বিয়ের পর ওই মেয়েটার সাথে ভালো থাকতে পারেন না।

তাই নিজেকে ধৈর্য ধরুন।

আপনি যত বেশি ধৈর্য ধরবেন আপনার ভালোবাসার সম্পর্কটা ঠিক ততটাই মধুর হবে।

তারপর আমি তানিয়াকে নিয়ে বাজার করিয়ে বাড়ি এলাম।

আরিয়ার জন্য একটা আইসক্রিম এনেছিলাম সেটা আমি আরারিয়া মিলে খেতে লাগলাম।

বুঝতে পারলাম তানিয়ার এই জিনিসগুলো খারাপ লাগছে।

তারপর হঠাৎ দেখি ওর মার কাছে গিয়ে ওর মাকে বলল।

# 24

# একটা সুন্দর সকাল

মা আমাকে ক্ষমা করে দাও আমি তোমাকে সেদিন অনেক খারাপ কথা বলেছিলাম।

আসলে আমার মনের মধ্যে অনেক কষ্ট জমে ছিল ,তাই সে কথাগুলো বেরিয়ে গিয়েছিল।

প্লিজ আমাকে ক্ষমা করে দাও।

ওর মা ওকে বুকে জড়িয়ে ধরে বলল।

তুই সত্যিই পৃথিবীর সবচেয়ে ভালো মেয়ে। আমরা সৌভাগ্যবান' তোর বাবা মা হতে পেরেছি।

তারপর আরিয়ার বাবার কাছে গিয়ে বলল বাবা আমাকে ক্ষমা করে দেবে না।

ওরে বাবা কান্নায় মাটিতে পড়ে গেল।

আর বলল আমি তোর কাছে কি বলে ক্ষমা চাইবো।

আমাকে সত্যি যদি তুই ক্ষমা করিস তাহলে আমার বাড়ি চল।

আরিয়াকে আমি ইশারা করে বললাম রাজি হয়ে যাও।

তারপরে ওখান থেকে আমরা আরিয়ার বাড়ি গেলাম। আরিয়া বাড়ি ঢুকতে আমার হাতটা ধরে ওর ঘরে নিয়ে গেল। দেখলাম ওর ব্যাগ আছে। ওর ছোট ছোট জামা কাপড় আছে।

দেখলাম ঘরটা খুব সুন্দর করে সাজানো আছে।

তারপর আরিয়া ওর একটা ড্রয়ার খুলে কয়েকটা টি-শার্ট বার করলো আর সেগুলো আমাকে দিলো। বলল আমি যখন কখনো কোন মেলাতে

যেতাম আর সেখানে গিয়ে আমার যদি কোন ছেলেদের পোশাক পছন্দ তো আমি সেটা কিনে নিতাম। ভাবতাম আমার যখন স্বামী হবে তখন আমি তাকে দিব।

এই প্রচন্ড আনন্দের সহিত জামাগুলো কে বুকে জড়িয়ে ধরলাম। ভালোবাসা মানুষের প্রত্যেকটা জিনিস আপনাকে ভালো লাগবে। তারপর আরিয়ার বাবার কাছে গিয়ে আমি বললাম আমি কি আপনার মেয়ের স্কুল ব্যাগটা নিয়ে যেতে পারি।

আমি সুন্দর করে সাজিয়ে রাখব। ওর বাবা বলবো হ্যাঁ অবশ্যই।

আরিয়ার বাবা বলল এর মধ্যে জুতা, ঘড়ি, ডাইরি আরো অনেক কিছু ভরা আছে। সব তোমার।

তারপর অনেক গল্পগুজব করার পর ওর বাড়ি থেকে আমি চলে এলাম। আমরা এখন আমাদের বাড়িতে।

আজ শুক্রবার আরিয়া আমাকে বলল নামাজ পড়তে যাবে না। আমি বললাম যাব ভাবছি।

আরিয়া বলল অবশ্যই যাও।

এর আগে আমি নামাজ পড়া ছেড়ে দিয়েছিলাম। আজ প্রায় 6 থেকে7 বছর পর যাচ্ছি।

# 25

# কেন ছেড়ে দিয়েছো?

নামাজ পড়ে আসার সময় আমি আকাশের দিকে তাকিয়ে আল্লাহকে বলতে লাগলাম আল্লাহ তুমি আমাকে এত সুন্দর জীবন আবার দিলে কেন?

তখন আমার মনে হলো আল্লাহ্ আমাকে বলছে

আমি তোমাদের যে কতটা ভালোবাসি তা তোমরা কল্পনা করতে পারো না। হ্যাঁ অনেক সময় আমি তোমাদের অনেক বড় ধরনের কষ্ট দেই। বড় ধরনের পরীক্ষা নিই। কেন জানো কারণ আমি যেন তোমাদেরকে তোমরা যা চাইছ তার চেয়ে ভালো কিছু দিতে পারি। আর যদি পরীক্ষা না করে তোমাকে আমি কোন মূল্যবান জিনিস দিয়ে দিই। তাহলে কি হবে জানো সেটা তুমি নিতে পারবে না আর যখন তুমি এটা নিতে পারবে না তখন তোমার জীবনটা আরো বেশি খারাপ হয়ে উঠবে। তাই আমি তোমাকে কষ্ট দিয়ে জিনিসটাকে যেন নিতে পারো সেজন্য তৈরি করি। কিন্তু তোমরা আমার উপর রাগ করে আমার পথ থেকে সরে গিয়ে আমাকে অবহেলা করতে শুরু করো।

তুমি আমার কাছে চাইতে ভালো থাকতে ।আর আমি জানতাম তানিয়া তোমাকে কখনোই ভালো রাখতে পারেনা। তাই আমি তোমাকে কষ্ট দিয়ে প্রথমে তানিয়াকে তোমার জীবন থেকে সরালাম। তারপর আরিয়া কে তোমার জীবনে প্রবেশ করালাম। এবার হয়তো তোমার মনে প্রশ্ন জাগতে পারে তাহলে আরিয়ার কি দোষ ছিল?

ওকে কেন ধর্ষণ করা হলো?

আমি যদি ওকে ওটা না করতাম। তাহলে ওর বাবা মা যার সাথে ওকে বিয়ে দিত তার সাথে কখনোই ভালো থাকতো না।

হ্যাঁ আরিয়া হয়তো অনেক কষ্ট পেয়েছে। কিন্তু এটাও তো সত্যি ও এখন স্বপ্নের চেয়েও ভালো আছে।

তোমাদেরকে আমি অনেক সময় অনেক বড় ধরনের কষ্ট দিই। তার মানে এই নয় যে তোমরা অনেক বড় ভুল করেছো। তার মানে এই যে আমি তোমাদের বড় বিপদ থেকে বাঁচালাম।

তোমরা আমাকে কখনো বুঝতে পারবে না।

হ্যাঁ তবে যদি তোমাদের ভালবাসাটা পবিত্র না থাকতো। তুমি যদি একবার ও তানিয়া কে স্পর্শ করতে তাহলে আমি কখনো তোমার জীবনে আরিয়াকে দিতাম না।

পবিত্র মেয়ে তোমার হাতে তুলে দিতাম না।

তুমি ঠিক যেমনটা করবে। আমি ঠিক তোমার সাথে তেমনটা করব।

কারন আমি তোমাকে অনেক বেশি ভালোবাসি।

এ কথাগুলো শুনে আমি লজ্জাবোধ করে মাথা নিচু করে দিলাম।

আমি বুঝতে পেরে গেলাম কেন আমাকে তানিয়া ছেড়ে গিয়েছিল।

তানিয়া আমাকে এ কারণে ছেড়ে গিয়েছিল

যাতে আমি সুন্দরভাবে জীবনটাকে গড়ে তুলতে পারি।

আমাকে এই কারণে ছেড়ে গিয়েছিল

যাতে আমি আরিয়ার মত পবিত্র সুন্দর মনের মানুষ পাই।

তানিয়া আমাকে এই কারণে ছেড়ে গিয়েছিল

যাতে আমি সমাজে একজন প্রতিষ্ঠিত মানুষ পরিণত হতে পারি।

বুঝতে পারি পৃথিবীর প্রত্যেকটা মানুষ কেমন।

তাই আপনাকেও কেউ যদি ছেড়ে চলে যায় আর আপনি যদি কারণ খুঁজে না পান তাহলে ধৈর্য ধরুন।

আপনি অবশ্যই একদিন কারণ খুঁজে পাবেন। আর সেদিন আপনার আর আফসোস হবে না। কেন সে ছেড়ে গিয়েছিল তা।

আপনি ভাববেন সত্যি যা হয়েছিল ভালোই হয়েছিল।

কারণ আমাদেরকে ঈশ্বর আমাদের চেয়েও বেশি ভালবাসে।

নতুনভাবে জীবন টাকে তৈরি করতে শুরু করুন। আপনার হাতেই আছে আপনার জীবনটা সাজানোর দায়িত্ব।

কাউকে নিজের মত গড়ে তোলার দরকার নেই বরং তাকে তার মত ভালবাসতে শুরু করুন দেখবেন সেও আপনাকে আপনার মত ভালবাসবে।

আর তখনই আপনি সঠিক ভালবাসার সন্ধান খুঁজে পাবেন।

# কেন ছেড়ে দিয়েছো?(2)

ফোনটাই হঠাৎ একটা মেসেজ এলো। আমি মেসেজটা দেখে একটু চমকে গেলাম। দেখলাম তানিয়ার এক বন্ধু রাজেশ আমাকে মেসেজ করেছে। মেসেজে লেখা আছে আমি কি তোমাকে কল করতে পারি? আমি আপত্তি না করে বললাম অবশ্যই।

কল ধরলাম ওর ,তারপর ও আমাকে বলল আমার সাথে একবার দেখা করতে পারবে ? তোমার সাথে অনেক কথা আছে।

হ্যাঁ অবশ্যই পারব। তারপরও আমাকে একটা জায়গা বলল আমি সেখানে গেলাম। আমাকে বলল আমি তোমাকে কিছু কথা বলব।

প্লিজ কথাগুলো মন দিয়েশুনবে। আর আমাকে খারাপ ভাববে না।

যেদিন ইস্কুল ছুটি হয় সেদিন আমাকে তানিয়া বলেছিলযে আরিয়া আজ প্রথম ওর বন্ধুদের সাথে আসবে। আমাকে 4 জন বন্ধুকে নিয়েতৈরি থাকতে বলেছিল। অনেক টাকা দিয়েছিল ওর বাবার প্রচুর টাকা চুরি করত। দিয়ে বলেছিল ও আরিয়া কে ফোন করবে আর বলবে গাড়ি থেকে নেমে একটা দোকান আছে ওই দোকানে কিছু জিনিসপত্র কেনার কথা। আরিয়া যখন গাড়ি থেকে বের হবে তখন আমরা ওকে যেন অন্য গাড়িতে তুলে নিই। তারপর ঐ ছেলেগুলো ওকে প্রচন্ড পরিমানে মাথায় আঘাত করে।

ও প্রচুর চিৎকার করলেও কেউ ওকে ছাড়েনি। তারপর ওকে তুলে নিয়ে গিয়ে ওরা রক্তাক্ত অবস্থায় ড্রেনে ফেলে আসে।

আমার এ কথাগুলো শোনার পর আমি বললাম এই সব মিথ্যা কথা। তার পর ওখান থেকে রেগেউঠে পালিয়ে এলাম।

বাড়ি চলে এলাম। আরিয়াকে আমি বুকে জড়িয়ে ধরে বললাম তুমি যেদিন স্কুল থেকে বাড়ি আসছিলে সেদিন কি তোমাকে তানিয়া ফোন করেছিল?

ও বললো হ্যা কিছু জিনিসপত্র আনার জন্য একটা দোকান যেতে বলেছিল।

তারপর আরিয়া জিজ্ঞাসা করল কেন কিছু হয়েছে?

আমি বললাম নাতারপর আরিয়া বলল আমি জানি তুমি কেন আমাকে সব জিজ্ঞাসা করছ। তুমি জানতে চাইছি সেই রাতে কি হয়েছিল। তাইতো?

আমি মাথা নেড়ে বললাম হ্যা।

আমি জানি সে রাতে আমার সাথে কে এইসব করিয়েছিল। আমার বাবা আমি জানি, আমি তাকে কখনোই কিছু বলব না। আমি তাদের ক্ষমা করে দিয়েছি কারণআমি তোমাকে যে পেয়ে গিয়েছি।

আমি আরিয়া কেশক্ত করে বুকে জড়িয়ে ধরে মনে মনে প্রতিজ্ঞা করলাম এদের প্রত্যেককে আমি শেষ করে দেবো।

যে যে আমার আরিয়া কে কষ্ট দিয়েছে তাদের প্রত্যেকের জীবনটা কে ধ্বংস করে দেবো।

................................................(আসিতেছে)

* 9 7 9 8 8 8 5 2 1 3 7 3 8 *

FCW - #0142 - 061026 - C0 - 203/127/9 - PB - 9798885213738 - Matt Lamination